AF210064

„Denker im Klo sind Scheißer im Leben."

(handschriftliche Notiz an einer Toilettentür in der Mensa
der TU München)

Der Autor

Jörg Lowak, Jahrgang 1971, geboren und aufgewachsen in Südbaden unweit des Bodensees, verbrachte seine Studienzeit und einige weitere Jahre in München. Der Diplom-Ingenieur für Luft- und Raumfahrttechnik lebt und arbeitet heute in der Nähe von Stuttgart. Er ist verheiratet und Vater einer Tochter. Das Schreiben, der Reiz sprachlicher und psychologischer Abgründe bilden für ihn einen Gegenpol zu den beruflichen Aufgaben: „Ich bin Reisender zwischen diesen Welten, ohne festen geistigen Wohnsitz an einem der beiden Orte."

Jörg Lowak

Rolle abwärts

Ein tragikomischer Kriminalroman

Bibliografische Information der Deutschen
Nationalbibliothek

Die Deutsche Nationalbibliothek verzeichnet diese
Publikation in der Deutschen Nationalbibliografie;
detaillierte bibliografische Daten sind im Internet über
http://dnb.d-nb.de abrufbar.

© 2008 Jörg Lowak

ISBN 978-3-8370-6681-4
Herstellung und Verlag:
Books on Demand GmbH, Norderstedt

Umschlaggestaltung:
Walburga Popp, www.wallipopp-art.de

1

Ich habe die Tage nicht gezählt, seit ich hierher gebracht wurde. Dass man mit Kreidestrichen an der Wand die Dauer seines Aufenthalts dokumentiert, ist natürlich eine Legende. Meine Unterkunft ist in einem ordentlichen Zustand, und mein Gastgeber erwartet, dass das auch so bleibt. Nur die Reste von Klebstreifen an der Wand verraten, dass das Dekorieren mit großformatigen Fotos üppiger Reeperbahn-Schönheiten aus den einschlägigen Kulturmagazinen offenbar toleriert wird. Die Bettwäsche wird regelmäßig gewechselt; die Matratze darunter habe ich zum eigenen Schutz noch nicht so genau in Augenschein genommen. Generell kann ich sagen, dass viele der Klischees, die über diesen Ort kursieren, nichts mit der Realität zu tun haben. Die Küche tut ihr Möglichstes, auch wenn das nicht viel ist; das hellblaue abwaschbare Plastikgeschirr und die endlosen Tischreihen sorgen sogar für so etwas wie Designatmosphäre. Bisher habe ich keine bärtigen, stark behaarten Zwei-Meter-Monster getroffen, die ihren unbändigen Appetit auf unbedarfte, wehrlose junge Männer an mir stillen wollten. Auch KHK Vettermann und seine Kollegen behandeln mich überaus korrekt. Keine verbalen oder gar handfesten Drohungen, höfliche Umgangsformen, auch wenn unsere Gespräche sich meist stundenlang sinnlos im Kreis drehen. In meinem Zimmer unterliege ich manchmal der Illusion, ich könnte meine paar Habseligkeiten packen, nach unten an die Rezeption gehen und auschecken. Doch dann fällt mir wieder ein, dass der Zimmerservice von außen abgeschlossen hat.

Linda kommt immer noch einmal pro Woche vorbei, wenn ihr Dienstplan es zulässt. Sie wirkt hier wie ein zartes Wesen aus einer anderen Welt, wenn sie den Besuchsraum betritt mit ihrem Nicki-Shirt und dem Pferdeschwanz, ihr mädchenhaftes Gesicht dezent geschminkt. Sie ist der Star für meine Kollegen, eine 'Zuggrschnidde', wie René aus Zwickau immer wieder beteuert. Ich frage mich: Wird sie in einem Jahr, in fünf Jahren auch noch regelmäßig hier sein? Und wenn ja, wird sie dann genauso aussehen wie alle anderen Frauen, die hierher zu Besuch kommen – verbraucht und vom Leben gezeichnet?

Linda beteuert aufrichtig, dass sie mir jedes Wort glaubt. Trotzdem bilde ich mir ein, Spuren eines schlimmen Verdachts in ihren müden Augen zu erkennen – in meiner Situation sicher ein völlig normales paranoides Verhalten. Das ist vielleicht das Schlimmste an der ganzen Geschichte: dass sie, selbst wenn ich bald zurückkäme, nie wieder dieses blinde Vertrauen in mich haben würde, wie sie es vielleicht einmal hatte. Dass sie nachts nur noch mit dem Telefon neben ihrer Bettseite schlafen würde, um schnell Hilfe rufen zu können für den Fall, dass plötzlich der brutale Gewaltverbrecher in mir *wieder* erwacht. Dass sie ihren Freundinnen erzählen würde: Ja, er hat eine schwierige Zeit hinter sich, aber das ist jetzt Vergangenheit. Dass, sie, wenn ich den Müll ´rausbringe, hinterher heimlich nachschauen würde, ob ich die Tüte nicht einfach in eine dunkle Ecke des Treppenhauses gepfeffert habe. Doch wenn ich meine Lage nüchtern betrachte, werde ich in absehbarer Zeit sowieso weder Müll ´rausbringen (auch das gehört hier zum umfassenden Dienstleistungspaket) noch sonst irgendetwas, schon gar nicht mich selbst. Die Indizien sind so eindeutig, dass ich mitunter schon ins Grübeln komme, ob Vettermanns Version die richtige ist oder meine eigene. Auf jeden Fall kann er seine viel schöner erzählen. Meine ehrlich gemeinte Bemerkung von neulich, er sei auf Augenhöhe mit den ganz großen Kriminalautoren Europas, fand er „überhaupt nicht komisch".

Grubner, mein Anwalt, ist leider keine große Hilfe. Seine Hauptbeschäftigung während der Besuchszeiten besteht darin, mir die einzelnen Positionen auf den Honorarrechnungen zu erläutern und mir ein umfassendes Geständnis nahezulegen. Ich sollte ihn auffordern, mir beim nächsten Termin eine kleine Stichwaffe, in der Schuhsohle versteckt, mitzubringen. Ich verabscheue Gewalt und könnte dem Servicepersonal nichts antun, aber vielleicht würde es Grubner endlich dazu bewegen, sein Mandat niederzulegen.

Die innere Uhr ist eine Automatic – wenn man sich kaum noch bewegt, bleibt sie irgendwann stehen, und wenn sich an einem dieser endlos zähen Nachmittage auf der Pritsche im Halbschlaf Realität und Fiktion vermischen, glaube ich beinahe daran, dass es dort draußen einen verwegenen Matula gibt, der zusammen mit einem furchtlosen Dr. Renz sein Leben aufs Spiel setzt, damit ich endlich an die frische Luft komme, oder zumindest einen Liebling Kreuzberg. Ich habe Linda von dieser Vorstellung erzählt, was sie mutmaßen ließ, ich sei nun wohl mit den übelsten Drogenhändlern der ganzen Anstalt ins Geschäft gekommen. Nachdem ich ihr klargemacht hatte, dass ich mittlerweile nach jedem Strohhalm zu greifen bereit war, rief sie auf meine Bitte hin einige Privatschnüffler an, die wenigstens in den Gelben Seiten zu finden waren. Die erwiesen sich jedoch als geldgeil („wir ermitteln nur in lukrativen Fällen von Wirtschaftskriminalität"), notgeil („auf Observationen im Privatbereich spezialisiert") oder außer Stande, in ihrem Zustand irgendeiner Spur nachzugehen, außer vielleicht dem Geruch von billigem Whisky.

Es erübrigt sich zu erwähnen, dass ich gefeuert bin. Ich habe diese Firma maßlos unterschätzt. Gerade mal zwei Hasardeure aus ihrem Kreis haben es geschafft, sich selbst und nebenbei auch noch mich bis zum Hals in die Scheiße zu reiten und sogar dafür zu sorgen, dass der Stöpsel, der sie wieder ablaufen lassen könnte, niemals gefunden wird. Für den Fall, dass draußen jemand nach mir fragen sollte, habe ich Linda gebeten zu erwähnen, dass ich auf unbestimmte Zeit im Osten tätig bin. Erstens ist der Osten von Stettin bis Shanghai zur Zeit absolut hip und damit unverdächtig, und zweitens ist das nicht so ganz gelogen, immerhin liegt Stadelheim im Osten, wenn auch nur von München. Ich bin im Moment zwar eher untätig, habe mich aber immerhin schon mal für einen Job in der internen Schreinerwerkstatt angemeldet.

Ich lebe untersuchungshaft, und ich verwende den Begriff bewusst adverbial, wie ‚mangelhaft' oder ‚unzweifelhaft'. Ich finde, das hört sich weniger kriminell an. Welchen Status habe ich eigentlich, amtsdeutsch gesprochen? Häftling? Insasse? Justizvollzugsempfänger? Ich lebe zwar, wie gesagt, untersuchungshaft, bin aber trotzdem im gleichen Trakt untergebracht wie die Dauergäste. Mir wurde mitgeteilt, das liege daran, dass der Bereich für Fälle wie mich gerade renoviert werde. Ich habe eher den Verdacht, dass man sich den Aufwand sparen will, mich nach einem Prozess umziehen zu müssen, dessen Ergebnis ohnehin schon feststeht.

Meine geschundene Nase ist nach einem wochenlangen Entzündungsfeuerwerk auf dem Wege der Besserung. Zwischenzeitlich hatte sie die gefühlte Größe einer Wassermelone erreicht und das saftige Dunkelrot sonnengereifter Kirschen angenommen. Sie glühte so, dass ich manchmal meinte, sie im Dunkeln leuchten zu sehen. Der Anstaltsarzt, der regelmäßig vorbeischaute und der sein grobes Handwerk eher auf dem

Schlachthof als an der medizinischen Fakultät erlernt zu haben schien, schaute sich das geschwollene Elend an und lachte: „Hat 'was Verwegenes! Sorgt für Respekt hier!"

2

An jenem herbsttrüben Montagmorgen um halb neun war die Welt noch in Ordnung. Ich schlenderte durch den Korridor zu meinem Büro und bewunderte, wie jeden Morgen seit fünfeinhalb Jahren, die gut gemeinten, tränengetränkten Aquarellversuche von Hoffnungsträgern der Stadtteil-Volkshochschule Giesing, die aus spitzem Winkel meine Netzhaut attackierten. Ich passierte das Büro von Stump. Die geschlossenen Jalousien und die zigarrenrauchgeschwängerte Luft ließen es wirken wie Schacht Heinrich nach einer Grubengasverpuffung. Nur Stumps polierte Platte glänzte mir grüßend aus dem Dämmerlicht entgegen. Ich fragte mich, was er wohl gerade wieder aushectte in diesem lebensfeindlichen Milieu. Ich folgte dem Gang weiter. Die an den Seiten postierten, mit weißwurstsenffarbenem Kunstleder überzogenen Stühle waren einst für wartende Besucher aufgestellt worden, doch sie hatten schon lange kein Gesäß mehr beherbergt – Lieferanten, die wegen monatelang offener Rechnungen vorsprachen, hatten, in aller Regel keine Lust zu warten.

Als ich in meinem kleinen Refugium ankam, hatte mein Kollege und Gegenüber Halanke, dessen atemberaubende Türme aus Ordnern, seit Wochen unbearbeiteten Eilfaxen, Disketten und fettigen Tupperdosen sich bedrohlich über die kümmerliche Trennwand zwischen unseren Tischen neigten, bereits seinen Platz eingenommen. Ich schätzte ihn als Menschen, doch ich fürchtete ihn als Urlaubsvertretung. Er hatte das Potenzial, ganze Großkonzerne in ein heilloses Chaos zu stürzen.

„Morgen, Enno", sprach ich ihn freundlich an und deutete auf den riesigen Fotokalender mit Motiven bedrohter Tierarten, der an der Wand über unseren Tischen prangte: „Seit gestern haben wir November!"

Der Kalender bedeutete ihm sehr viel, also sprang er umgehend auf und blätterte den Bengalischen Tiger nach hinten, der den Monat Oktober zierte. Zum Vorschein kam ein Gänsegeier am blauen Himmel, der nun majestätisch über unseren Schreibtischen seine Kreise zog. Das Bild mit seiner tiefgreifenden Symbolik gefiel mir. Das neue Kalenderblatt würde mich den ganzen Monat über jeden Morgen daran erinnern, die Tatsache innerlich zu feiern, dass mein geistiger Abschied von dieser Firma in vollem Gange war. Noch war nicht ganz klar, wann dem mentalen Adieu das reale folgen sollte, doch ich rechnete mit nur wenigen weiteren Monaten in der beruflichen Diaspora.

Mit dieser Perspektive im Hinterkopf genehmigte ich mir eine kleine Auszeit, rollte etwas mit meinem Bürostuhl zurück, schlug die Tageszeitung auf und studierte ohne übertriebene Hektik die Stellenanzeigen. Doch irgendetwas fehlte, und die Antwort gab mir der verlockende Kaffeeduft, der aus der Küche über den Gang in unser Büro wehte. Ich empfand immer einen latenten Ekel bei dem Gedanken, diesen Sozialraum betreten zu müssen, und war damit nicht alleine. Böse Zungen auf dem Stockwerk behaupteten, das Gesundheitsamt werde womöglich dem Insolvenzverwalter bei der Stilllegung der Räumlichkeiten zuvorkommen. Doch ich überwand mich und kehrte nach kurzer Zeit mit meiner Trophäe, einer Tasse des braunen, dampfenden Teufelszeugs, an meinen Schreibtisch zurück.

Die Schwerkraft, die montags bis gegen elf Uhr immer besonders mächtig zu sein schien, hatte mich ungebremst auf meinen khakifarbenen Bürodrehstuhl plumpsen lassen, als Metzger den Raum betrat. Ich hoffte, dass er gekommen war, um Halanke zum Abtragen seiner gestapelten Kunstwerke zu bewegen, doch stattdessen steuerte er geradewegs auf mich zu. Er beugte sich herunter und murmelte undeutlich: „Herr Hirschfeld, bereiten Sie sich darauf vor, dass wir beide ab Mittwoch eine kleine Reise unternehmen."

Diese Ankündigung traf mich völlig unvorbereitet, und tausend Fragen schossen mir durch den Kopf, zum Beispiel: Was verstand mein Chef unter einer 'kleinen Reise': eine S-Bahn-fahrt nach Unterschleißheim, einen Business-Class-Flug nach London, wo saudische Investoren einen millionenschweren Auftrag unterzeichnen wollten? Doch halt, jetzt ging meine Phantasie mit mir durch. Es war Zeit für eine Reaktion, und da mir nichts Besseres einfiel, entschied ich mich für die locker-lustige Variante: „Herr Metzger, mit Verlaub, Ihre Gesellschaft ist mir durchaus angenehm, aber nach den guten Erfahrungen der letzten Jahre wollte ich auch den nächsten Urlaub wieder mit meiner Freundin verbringen. Sie mögen das spießig finden, für mich ist es eine Verpflichtung."

Halanke, der unser Gespräch mit einem Ohr verfolgt hatte, begann auf die ihm eigene Art im Falsett zu kichern, doch ein eisiger Blick von Metzger ließ ihn jäh verstummen. Unser Vorgesetzter gehörte nicht eben zu der Sorte Mensch, vor der man sich spontan fürchtet, doch mit seinem wild entschlossenen Auftreten flößte er uns beinahe so etwas wie Respekt ein. Es folgten einige quälende Sekunden des Schweigens, die ich mit einer konstruktiven Frage zu beenden versuchte: „Spaß beiseite – wohin soll es denn gehen?"

„Norditalien", antwortete Metzger betont streng.

„Haben wir dort Kunden?", fragte ich neugierig.

„Nein, äh ...", geriet Metzger ins Stocken, wandte seinen Blick verlegen von mir ab und auf den prächtigen Gänsegeier an der Wand, bei dessen Anblick er, wie mir schien, kurz zusammenzuckte, „noch nicht. Wir betreiben dort, äh, aktive Akquise. Das ist die neue Strategie der, äh, Geschäftsleitung. Aber das Thema", murmelte er und senkte seine Stimme weiter, während er sich näher zu mir herunterbeugte, „ist noch streng vertraulich". Ganz im Vertrauen teilte er mir noch nonverbal mit, dass er sich zum zweiten Frühstück im Fleschereifachgeschäft seines Vertrauens, das gleich um die Ecke lag, einen Wurstsalat mit extra Zwiebeln genehmigt hatte.

Als Metzger merkte, dass mein Gegenüber in der Hoffnung, nichts zu verpassen, seinen Kopf zwischen den Stapeln hindurch in meine Richtung manövriert hatte, fuhr er mit unerwarteter Phonstärke fort: „Das gilt auch für Sie, Herr Halanke!" Der Ertappte ging elegant in den Zustand unbestimmten Suchens unter Bergen von Papier über.

„Um Tickets kümmert sich wieder Frau Dromsky?", fragte ich neugierig weiter. Seit meiner letzten Dienstreise war beinahe ein halbes Jahr vergangen, und wer wusste schon, ob man die Reisekosten inzwischen nicht selbst auslegen musste?

„Wir fahren mit meinem Wagen", antwortete Metzger wie selbstverständlich und ergänzte: „Sie brauchen sich um nichts zu kümmern. Es ist alles arrangiert."

Das klang ähnlich glaubwürdig wie die Mobilitätsgarantie eines anatolischen Gebrauchtwagenhändlers an der Landsberger Straße für einen 77er Lada im Originalzustand.

Metzger wandte sich ab und ließ mich ratlos zurück. Ich brauchte einige Minuten, um die Auswirkungen des soeben Verkündeten auf mein weiteres Leben abzuschätzen, kam aber zu dem Schluss, dass es letztlich beinahe bedeutungslos war.

Hans Werner Metzger war nicht nur äußerlich eine blasse Gestalt: mittelgroß, mittelalt, mitteldick, mittelhässlich. Im Grunde gab es nichts gegen ihn einzuwenden, jedoch auch kaum etwas, das für ihn sprach – soweit ich das beurteilen konnte. Kurzum, die Aussicht, mit ihm tagelang durch die Poebene zu gondeln, war ähnlich prickelnd wie ein Sommerabend im Heizungskeller. Soziokulturell gesehen stammten wir wohl aus unterschiedlichen Galaxien, aber was war schon so schlimm daran, für einen absehbaren Zeitraum schweigender Beifahrer eines Außerirdischen zu sein? Schließlich liebte ich, wie originell für einen Teutonen aus dem Land der Knödel, Kaltfronten und Karateclubs, die drei großen K des Apennin: Küche, Klima und Kultur.

Ich beschloss, Linda die Neuigkeit telefonisch zu überbringen. Ihre Begeisterung hielt sich erwartungsgemäß in Grenzen: „Aha. So ...“
„Du hast Nachtdienst diese Woche; wir würden uns sowieso kaum sehen.“
„Das stimmt, hebt meine Laune aber auch nicht entscheidend. Wann kommst du wieder?“
„Ich weiß nicht genau. Ich nehme an, am Wochenende. Metzger tut sehr geheimnisvoll.“
„Vielleicht wird es das Geschäft eures Lebens?“
„So geheimnisvoll kann es gar nicht sein. Aber ich denke mal, es wird die Traumreise meines Lebens. Weißt du, Metzger ist so eloquent und faszinierend, im Grunde seines Herzens Ita-

liener – der ideale Reisepartner."

Am anderen Ende der Leitung hörte ich Linda mit ihrer warmen Stimme lachen; auch nach Jahren fand sie meinen Sarkasmus immer noch komisch, oder sie tat zumindest so, aus Höflichkeit.

„Wann sehen wir uns?"

„Heute Abend, falls ich keine Lust habe, lange hier zu bleiben, und meine Intuition sagt mir, dass es so sein wird. Ansonsten morgen früh."

„Immerhin. Bis dann", sagte sie leise, und es klang ein bisschen traurig.

Inzwischen forderte der Kaffee seinen Tribut, also suchte ich den vielleicht letzten produktiven Bereich im Hause auf. Da es ohnehin Zeit war, ein wenig nachzudenken, und ich im Sitzen besser denken kann als im Stehen, entschied ich mich für eine der Kabinen. Ich hatte gerade meinen Platz eingenommen, als ich hörte, wie eine weitere Person die Sanitärräume betrat. Der Mann – auf der Herrentoilette ging ich davon aus, dass es sich nicht um eine Frau handelte – pfiff fröhlich die Melodie zu 'Money, money, money must be funny in a rich man's world'.

Ich fragte mich noch, um wen es sich wohl handeln konnte – bis jetzt hatte sich niemand in unserem Bereich als Anhänger von schwedischer Popmusik der 70er zu erkennen gegeben – als mir das charakteristische Geräusch vom Pissoir die Antwort gab. Es war nicht der trällernde Sopran des Urinstrahls von Rohowsky aus dem Einkauf, aber auch nicht die stoßweise, scharfe Fontäne von Halanke, vielmehr ein beeindruckender Entleerungsvorgang, dessen Geräusch an das Einlassen von Badewasser erinnerte. Nur Stump war dazu in der Lage! Aber warum war er derart fröhlich? Er kannte die finanzielle Situation der Firma wie kein Zweiter. Wusste er etwas, was sonst niemand wissen durfte? Ich traute ihm jedenfalls schon lange nicht mehr über den Weg und war damit nicht alleine. Nachdem sein Reißverschluss zum zweiten Mal gesurrt hatte, katapultierte er noch eine Portion Teerschleim aus den Tiefen seiner Bronchien über den Mund in die Schüssel, als gelte es, sein Werk zu krönen, spielte noch einen Ton auf der Darmposaune und verließ, ohne sich die Hände zu waschen, den Raum. Ich liebe Herrentoiletten.

Zurück am Arbeitsplatz begann ich, einige lästige Korrespondenz zu erledigen. Im Wesentlichen handelte es sich um Beschwerdemails unzufriedener Kunden, die zu beantworten waren. Um mir solche Arbeiten zu erleichtern, hatte ich gleich nach Erhalt meines Computers die Funktionstasten mit gängigen Floskeln belegt: F1 stand beispielsweise für 'Wir bedauern die Störung des bei uns gekauften Produkts außerordentlich', F5 für 'Leider können wir Ihnen gemäß unseren Allgemeinen Geschäftsbedingungen keinen Ersatz leisten' und F9 für 'Gerichtsstand ist München', so dass sich auf der Tastatur von links nach rechts eine deutliche Verschärfung der Tonart ergab.
Mit diesen Hilfsmitteln kam ich zügig voran; bis zum frühen Nachmittag hatte ich bereits sieben Mails beantwortet. Gegen vier packte mich die Neugier, also platzte ich unangemeldet in Metzgers Büro und versuchte, ihm ein paar Details zu unserer Reise zu entlocken. Seine Aussagen blieben nebulös: „Herr Hirschfeld, Sie brauchen sich nicht vorzubereiten und nichts mitzunehmen", verkündete er selbstsicher und fügte grinsend hinzu: „Außer Ihrem Verstand und frischer Wäsche für ein paar Tage."
„Mir ist unsere Aufgabe noch reichlich unklar. Wer sind die potenziellen Kunden dort? Vielleicht sollten wir noch mit Stump über den eigentlichen Zweck der Aktion sprechen?"

„Neiiin", kreischte Metzger beinahe panisch mit sich überschlagender Stimme, „ich habe doch den Auftrag direkt von ihm, mit allen Details. Nur ist es eben noch streng vertraulich; Sie dürften eigentlich noch gar nichts davon wissen."

„Was weiß ich denn bisher?", war meine nächste Frage, die Metzger in gewohnter Manier elegant umschiffte.

„Wie lange arbeiten wir denn schon zusammen?", wollte Metzger wissen und betonte nun seinen partnerschaftlichen Kommunikationsansatz, indem er aufstand, seinen Schreibtisch umrundete und mir den Arm auf die Schulter legte. Er neigte mitunter dazu, Fragen zu stellen und postwendend selbst zu beantworten, also gab ich mir keine Mühe. „Fast sechs Jahre", tat mir Metzger den Gefallen, „und was wissen wir voneinander?", er setzte das Spiel fort: „Fast nichts!"

Seine Mundwinkel zuckten kurz, als durchfahre ihn ein stechender Schmerz, und er kniff die Augen zusammen wie Clint Eastwood vor dem Saloon in flimmernder Mittagshitze.

„Hätten Sie Lust, morgen Abend bei mir und meiner Familie zu essen, sozusagen als Einstimmung auf unsere Reise?"

Schon wieder ein Volltreffer – zum zweiten Mal an diesem Tag gelang es ihm, mich überrumpelnderweise zur Sprachlosigkeit zu verdammen. Wieder glühten die Neuronen in meinem Hirn bei dem verzweifelten Versuch, eine halbwegs vernünftige Antwort zusammenzustöpseln: Ist Metzger etwas schw... Nein, er hat Familie, vielleicht nur Alibi? Linda hat Nachtdienst, das heißt, ich bin Maître in meinem Maggi-Kochstudio, alleine essen, kein Abend für Genießer...

„Na ja, schön ... Warum eigentlich nicht?", stammelte ich verlegen.

„Gut", grinste Metzger erleichtert, „dann morgen um halb acht!"

3

Ich schaffte es tatsächlich, die unheilvollen Hallen gegen fünf zu verlassen. Der Mittlere Ring, die Hauptschlagader des Münchner Stadtverkehrs, litt unter bedenklicher Arteriosklerose wie meistens um diese Zeit, und ich ohrfeigte mich gedanklich, weil ich es wieder einmal verpennt hatte, den Schleichweg durch Tempo-30-Zonen und Spielstraßen zu nehmen. Also kam ich rund eine Stunde später zu Hause in Kleinhadern an, was mir nur noch wenig wertvolle Zeit mit Linda ließ.

Sie hatte sich etwas aufs Ohr gelegt, wie sie es während ihrer Nachtschichtwochen nachmittags häufiger tat, und blickte belämmert drein, als ich ins Schlafzimmer kam. Ihr Gesichtsausdruck kontrastierte mit dem hyperaktiven Donald Duck auf ihrem T-Shirt, das ihre Eltern aus Disneyland Paris mitgebracht hatten. Trotzdem lächelte sie mich ehrlich an und streckte mir ihre Arme entgegen: „Komm her, alter Gauner!"
Ich schleuderte meine Schuhe von den Füßen und warf mich in voller Montur aufs Bett.
„Du siehst topfit aus", neckte ich sie. „Hoffentlich machst du heute Nacht keine Herztransplantationen!"
„Das kommt in der HNO eher selten vor! Warum musst Du mich denn alleinlassen, hm?", wechselte sie das Thema, wobei sie mich mit der Hand im Genick packte, „um den Laden ist's doch eh' geschehen, dachte ich?"
„Ich glaube kaum, dass sich daran etwas geändert hat. Ich weiß nicht, was diese Reise soll, aber ich mache mir auch nicht viele Gedanken darüber. Es wird wohl meine letzte für die Firma sein, also soll Metzger seinen Willen kriegen."
„So kann man's auch sehen", murmelte sie traurig. Ich hielt es

für notwendig, sie etwas aufzumuntern, also legte ich meinen Arm um sie und deutete mit dem anderen diffus in Richtung eines imaginären, vom Sonnenuntergang blutrot gefärbten Horizonts: „Du wirst sehen, wenn ich erst mal woanders gelandet bin, wird alles besser. Wir werden abends über die gekieste Auffahrt, vorbei an meinem rassigen und sehr flachen Sportwagen, durch das parkartige Anwesen schlendern, das unsere efeuberankte Gründerzeitvilla umgibt. Wir werden das Personal anweisen, dass wir nicht gestört werden möchten, das Gesindehaus umrunden, wo Deine Praxis untergebracht ist, in der du nur noch Privatpatienten behandelst, und zum stilvollen Fünf-Uhr-Tee auf der Terrasse des Haupthauses zurückkehren."

„Gab es zur Gründerzeit noch Gesindehäuser?"

„Belaste meine Vision nicht mit solchen Details! Das Wichtigste ist ein klares Ziel! Ich kriege übrigens langsam Hunger."

„Wie wär's mit Tiefkühlpizza? Ich muss sowieso los."

„Und was hältst Du von meinen Plänen?", fragte ich mit seriösem Gesichtsausdruck.

„Ich bin einverstanden", erklärte Linda ebenso ernsthaft, „allerdings sollten wir mit dem Aufgeben der Stellenanzeigen für die Hausangestellten noch ein wenig warten."

„Okay, wenn du meinst ... Aber du weißt ja, gutes Personal ist heutzutage schwer zu kriegen."

„Sehen wir uns morgen nochmal, bevor du fährst?", ignorierte sie meinen Einwand.

„Ich weiß nicht. Metzger hat mich zwar für morgen Abend zu sich nach Hause zum Essen eingeladen ..."

„Wow, der Beginn einer großen Freundschaft!", lästerte Linda.

Ich fuhr unbeirrt fort: „Aber vorher komme ich sicher noch hierher, um mir etwas Schlechteres anzuziehen. Außerdem brauche ich wohl oder übel ein Gastgeschenk. Hast du eine

Idee?"

„Wie wär's mit Blumen für seine Frau? Schließlich hat sie ja wohl die ganze Arbeit."

„Klingt ziemlich originell", frotzelte ich, doch mangels eigener Ideen hatte ich im nächsten Augenblick ihren Vorschlag bereits angenommen.

Nachdem Linda zum Nachtdienst aufgebrochen war, wandte ich mich der Zubereitung meines Abendessens zu. Während die Pizza im Ofen brutzelte, starrte ich aus dem Küchenfenster hinüber zum Klinikum, das hell erleuchtet war und über dem Stadtteil zu schweben schien wie ein monströses Raumschiff, bereit, bösartige Aliens zur Erfüllung ihrer tödlichen Mission abzuladen.

Von unterirdischer Qualität war dagegen die belegte Teigmasse, die ich einige Momente zu spät aus der Röhre zog. Der Käse auf der Oberseite war bereits zu einer klumpigen, dunkelbraunen Masse zusammengebacken, einem Sammelsurium unterschiedlichster Karzinogene, während mich der Boden fatal an Dämmpappe, eingelegt in ein warmes Ölbad, erinnerte.

Um den Abend abzurunden, gönnte ich mir zu späterer Stunde ein Glas Wein und dazu Derrick im Fernsehen, eine Wiederholung aus den ersten Jahren. Horst Tappert sah noch vergleichsweise knackig aus, doch der berühmte glasige Blick war bereits unverkennbar. Zusammen mit Fritz Wepper streifte er, wie immer, ermittelnd durch die Villenviertel im Münchner Süden, und während ich mich fragte, warum nach hunderten Mordfällen im Edelmilieu die Immobilien in Solln, Pullach und Grünwald immer noch unbezahlbar waren, döste ich ein.

Ich saß in einem Straßencafé irgendwo zwischen Sestri Levante und San Remo. Die Sonne brannte gnadenlos, und der Schweiß lief mir in Sturzbächen von der Stirn. Metzger saß mir gegenüber; ihn schienen die tropischen Temperaturen kalt zu lassen. Überhaupt hatte er sich völlig verändert: Gucci-Anzug, ein Seidenhemd mit einem Kragen, dessen Spitzen bis zu den Achselhöhlen reichten, literweise Gel in den Haaren und eine Sonnenbrille, die ihn enorm cool aussehen ließ, cool und irgendwie böse.

Die Kellnerin, eine südländische Schönheit mit Rehaugen und gefährlich kurzem Rock, hatte uns gerade die Rechnung gebracht und wandte sich von uns ab, als ihr Metzger mit der Rückhand einen deutlich hörbaren Klaps auf den Po verpasste. Ich war entsetzt und wollte mich schon für sein respektloses Verhalten entschuldigen, doch zu meiner Überraschung drehte sich die Signorina um, warf ihm einen schmachtend-leidenschaftlichen Blick zu, hauchte ihm ein zärtliches „Bello" ins Ohr und schob ihm ein Kärtchen mit ihrer Telefonnummer zu. Metzger steckte ihr einen 50-Euro-Schein ins Dekolleté, zwinkerte ihr zu und wandte sich dann an mich: „Hirschfeld, ich muss jetzt los. Wichtige Geschäfte!"
„Und was soll aus mir werden? Sie können mich doch nicht einfach hier sitzen lassen!"
Er hatte bereits seinen Ferrari bestiegen, der am Straßenrand stand, und winkte mir noch kurz gönnerhaft zu.
„Ich kann kein Italienisch", jammerte ich verzweifelt, doch er gab seinem Boliden die Sporen und entschwand. Unvermittelt tauchte Derrick an meinem Tisch auf. „Erlauben Sie, dass ich mich setze?"
Ohne meine Erlaubnis abzuwarten, ließ sich der Oberinspektor auf dem Stuhl neben mir nieder. „Sie wissen, worum es geht,

ja?", sagte er mit blecherner Stimme und zog mit dem Zeigefinger das untere Lid seines linken Auges herunter, um anzudeuten, dass er mich durchschaut hatte. Der Blick auf Derricks Augenhöhle in ihren ganzen Ausmaßen war furchteinflößend. „Wir hätten da ein paar Fragen an Sie. Am besten, Sie begleiten uns aufs Präsidium!" Er deutete in Richtung von Harry Klein, der schon mal den Wagen geholt hatte.

4

Ich erwachte gegen sechs, ohne wirklich erholt zu sein. Offenbar hatte ich es nach Ende meines Fernsehabends noch geschafft, mich ins Bett zu schleppen, obwohl ich mich nicht daran erinnern konnte. Draußen herrschte noch finstere, kalte Nacht. Bald würde Linda nach Hause kommen; der Gedanke hielt mich wach. Aus dem Radiowecker quoll die Stimme einer Heilpraktikerin, die Empfehlungen zur homöopathischen Behandlung von Inkontinenz gab. Ich pendelte zwischen gebanntem Lauschen und sanftem Dösen, als die Wohnungstür aufgeschlossen wurde.

Linda legte ihren Mantel ab und stand kurz darauf im Dunkel des Schlafzimmers; nur aus der Diele drang Licht durch den Türspalt herein. Die Szenerie glich der vom Abend zuvor, doch diesmal war ich der belämmert Dreinblickende, während sie voll da war, noch aufgedreht von einer anstrengenden Nacht voller Hörstürze und Nasenbluten. Sie kroch zu mir ins Bett, mit T-Shirt und Hose in den ärztlichen Standesfarben. Sie roch ein wenig nach Desinfektionsmitteln und Mullbinden und Schweiß, und ich konnte nicht anders, als Roy Blacks 'Ganz in weiß' anzustimmen.

Nachdem ich mich endlich aus meinen Laken geschält und meinen Astralleib in einen hygienisch unbedenklichen Zustand versetzt hatte, galt es wieder, bezahlte Zeit totzuschlagen. Ich verabschiedete mich kurz von Linda: „Bis spätestens Samstag dann!", nicht ahnend, wie falsch ich mit dieser Prognose lag. „Pass auf dich auf", sagte sie leise, nicht ahnend, wie wichtig und doch vergeblich dieser Ratschlag für mich sein würde.

Als ich an diesem Morgen am Büro von Stump vorbeikam, ging Ungewöhnliches darin vor. Die Jalousien waren wie immer geschlossen, aber das Zimmer war hell erleuchtet. Die Tür des Panzerschranks, der neben der Türe an der Wand stand, war weit geöffnet, und Stump steckte zur Hälfte darin, nur an seinem massiven Heck zu erkennen. Auf seinem Schreibtisch lag ein dicker Metallkoffer; der hochgeklappte Deckel versperrte jedoch den Blick auf den Inhalt. Ich grüßte ungewöhnlich laut in den Raum hinein, und aus dem Tresor kam mir ein undefinierbarer Grunzlaut entgegen. Ich konnte mir keinen rechten Reim auf meine Beobachtung machen, maß ihr aber auch keine größere Bedeutung bei. Vielleicht nutzte der Alte ja die Gelegenheit, angesichts der leeren Kassen mal gründlich Staub zu wischen. Rohowsky tauchte hinter mir auf und grüßte erst Stump, dann mich, wie es sich gehörte, offenbar von einer ähnlichen Neugier getrieben.

Halanke hieß mich wie üblich willkommen, doch war ihm anzumerken, dass er vor Neugier beinahe seinen Drehstuhl zu nässen drohte. Gestern Nachmittag hatte Metzgers Anpfiff ihn noch zurückgehalten, aber jetzt platzte es aus ihm heraus: „Du gehst auf Dienstreise mit Metzger, wie? Junge, Junge, du machst ja noch richtig Karriere hier, was? Mensch, sag schon, wo geht's hin? Neuer Kunde, was?"
Allmählich ging mir sein Monolog auf die Nerven, entsprechend fiel meine Antwort aus: „Ach, was weiß ich, keine Ahnung, irgendeine Geheimsache vom Alten. Selbst, wenn ich was wüsste, würde ich's dir nicht sagen!"
„Mensch, ich hab's immer gewusst, der Stump hat noch ein As im Ärmel, der haut uns noch 'raus aus der Krise – Mannomann, freut mich für dich und für mich und für uns alle!"
Halanke gehörte tatsächlich zu den letzten Träumern im Hause,

bei denen Stumps Durchhalteparolen und nebulöse Ankündigungen noch auf fruchtbaren Boden fielen. Ich erinnerte mich noch lebhaft an die Rede des Alten bei der letzten Betriebsversammlung. Ja, die Zahlen seien schlecht, nein, so gehe es nicht mehr lange weiter, aber bald werde alles anders werden. Er habe Kontakt zu einem Konsortium in St. Petersburg, die hätten uns einen Riesenauftrag in Aussicht gestellt, der werde uns wieder ganz nach vorne katapultieren...

Längst hatte bis dahin die Nachricht die Runde gemacht, dass die einzige Referenz, die dieses Konsortium aufweisen konnte, ein Eintrag in der Datenbank von Interpol war, und jedem war klar, dass Stump zwar gerissen, einem Deal mit der Russenmafia aber sicher nicht gewachsen war – fast jedem zumindest, denn als der in seinem euphorischen Redefluss stoppte, sprang Halanke, der direkt neben mir saß, auf, klatschte wild in die Hände, Standing Ovations im Alleingang, bis er bemerkte, dass sich um ihn herum nichts rührte, wenn man einmal von den peinlich berührten Mienen absah, die sich auf den Gesichtern breit machten.

Ich beschloss, meinem herzensguten Kollegen die Laune nicht schon früh morgens zu verderben, also ließ ich ihn in seinen Illusionen schwelgen. Später suchte ich Metzger auf. Wir hatten noch die Verkaufszahlen für das vergangene Quartal zusammenzustellen – keine große Angelegenheit. Metzger wirkte an diesem Vormittag nervös wie selten. Er sah abwechselnd aus dem Fenster und auf die Uhr, und als ich mich mit „Bis halb acht dann!" von ihm verabschiedete, fragte er panisch: „Wie? Was? Ach so, ja, bis halb acht. Seien Sie pünktlich! Versprochen, ja?"

„Aber sicher", beruhigte ich ihn. Wahrscheinlich wurde Frau

Metzger regelmäßig zur Furie, wenn sie das Essen ein Viertelstündchen warmhalten musste.

5

Gegen fünf brach ich nach einem ansonsten ereignisarmen Bürotag auf, um die Blumen für meine Gastgeberin zu besorgen. Etwa eine Stunde später kam ich zu Hause an. Wie erwartet war Linda schon gegangen. Ich beschloss, die Gelegenheit zum Packen meiner Reiseutensilien zu nutzen: Klamotten für vier Tage plus Reserve für zwei ungeplante Schweißausbrüche, ein Kulturbeutel (beim Überprüfen des Inhalts stellte sich mir unweigerlich die Frage, was Gegenstände wie Deoroller mit an der Plastikkugel klebenden Achselhaaren, eine Tinktur gegen Fußwarzen und eine Zahnbürste mit längst verbogenen, allmählich vergilbenden Borsten mit Kultur zu tun haben), Schreibzeug, ein Handy, um in peinlichen Situationen oder langweiligen Sitzungen Tetris zu spielen oder wichtige Anrufe aus dem Ausland zu simulieren, eine Sonnenbrille (wie für jeden vernünftigen Deutschen war eine Reise auf den Apennin ohne Sonnenbrille für mich schlicht undenkbar, ungeachtet der Gewissheit, dass die übliche winterliche Dunstglocke über der Poebene in aller Regel mehr Durchhaltevermögen besaß als eine durchschnittliche italienische Regierungskoalition).

Es war längst dunkel, als ich mich auf den Weg nach Moosach machte. Ein Bandwurm aus roten und weißen Lichtern quälte sich immer noch zäh über den Ring, lauter engagierte Angestellte, die sich nach unbezahlten Überstunden zufrieden nach Hause trollten. Ich fragte mich, was Metzger mit seiner Familie ausgerechnet in diesen Teil der Stadt gezogen hatte. Gut, die Immobilienpreise waren hier nicht grotesk wie im Münchner Süden, sondern nur unverschämt, aber dafür hatten weite Teile des Viertels den Charme eines in die Jahre gekommenen Vorzeigeprojekts für die sozialverträgliche Unterbringung des Proletariats.

Das Neubaugebiet, das ich auf der Suche nach der Doppelhaushälfte der Metzgers umkreiste, war anderer Natur. Es glich eher einem Trainingscamp der US Marines – Berge von Schutt und Geröll, dazwischen Ansätze von Rohbauten, wie geschaffen für das Üben des Häuserkampfs. 'Hier wohnen die Metzgers', grüßte ein von Kinderhand gemaltes, mit vier bunten Strichmännchen, zwei großen und zwei kleinen, verziertes Holzschild neben dem provisorischen Briefkasten, wo die Schotterpiste, die später einmal eine Spielstraße werden sollte, endete und in einen Hindernisparcours überging. Europaletten am Boden wiesen mir den Weg durch einen Hain aus Beifuß und Brennnesseln.

Ich erinnerte mich, dass mein Chef vor rund zwei Jahren stolz vom kurz bevorstehenden Umzug ins neue Zuhause berichtet hatte, doch nun sah es beinahe so aus, als sei der Verfall der Fertigstellung zuvorgekommen. Ich läutete an der Haustüre, und Frau Metzger öffnete mir unter dem Geschrei der Kinder. Es schwoll zu einem ohrenbetäubenden Heulen an, als ich der Dame des Hauses die Blumen überreicht hatte und nun mit leeren Händen dastand. Offenbar hatten die Kleinen („Das ist unser Großer, der Lars, und das Nesthäkchen, die Dörthe") auf Spielsachen als Mitbringsel spekuliert. Ich hatte beim Blumenkauf kurz mit dem Gedanken geliebäugelt, den beiden etwas zu besorgen, doch ich ließ es sein, da ich erfahrungsgemäß mit meiner Prognose, was kleinen Jungen und Mädchen gefallen würde, ohnehin meilenweit daneben lag. So hatte Charlotte, die fünfjährige Tochter von Lindas Schwester Klara und deren Freund Rainer, die Barbie, die ich ihr vor einiger Zeit bei einem Besuch geschenkt hatte, achtlos in den Sand gepfeffert, wo ich kurz darauf die Nachbarskinder mit ihr Bestattung spielen sah. Schuld daran war wohl Klaras Bemerkung, dass die Beinlänge einer Barbie in einem völlig unnatürlichen Verhältnis zur Körpergröße stehe – daraufhin war Kens Freundin wohl einfach zu unrealistisch für die Kleine.

Da ich auf meinem Weg über den Bauschutt jede Menge Dreck an den Sohlen aufgesammelt hatte, beschloss ich, aus Rücksichtnahme auf den Fußboden die Schuhe auszuziehen. Das war leichtsinnig, wie sich kurz darauf herausstellte, denn zwischen Diele und Wohnbereich klaffte noch eine große Estrichlücke im Parkett, was mir neben staubigen Socken auch noch kalte Füße einbrachte. „Ist Ihr Mann noch nicht da?", wollte ich wissen.

„Nein", erwiderte die Metzgersgattin, augenscheinlich ebenso peinlich berührt von der unerwarteten Zweisamkeit wie ich selbst, nachdem sich die Kinder tödlich beleidigt zurückgezogen hatten, „aber er müsste jeden Moment kommen."

„Wir könnten ja ...", begannen wir beide im Chor, um sofort wieder in betretenes Schweigen zu verfallen, da wir uns gegenseitig den Vortritt lassen wollten. Um dem kommunikativen Patt ein Ende zu bereiten, fuhr ich fort: „... Ihr neues Haus besichtigen, wenn Sie nichts dagegen haben?"

Die Dame strahlte über beide Ohren angesichts meiner Initiative, oder besser: irgendeiner Initiative. Wahrscheinlich hätte der Vorschlag, nach draußen zu gehen, um mit Taschenlampen bewaffnet Brennnesseln zu pflücken, ähnliche Begeisterung hervorgerufen.

„Ja, also ... Hier stehen wir in der Wohnküche."

Mein Blick schweifte von einer offensichtlich in Eigenleistung installierten Einbauküche über eine improvisierte offene Vorratskammer bis zu einer merkwürdig schräg in eine Nische gepressten Kiefernholzeckbank mit gedrechselten Alpinelementen, wo er irritiert hängenblieb. „Ja, also ...", begann Frau Metzger, die meinen konfusen Gesichtsausdruck registriert hatte, zu erklären: „Die Eckbank hatten wir ja schon in unserer Mietwohnung in der Motorstraße, vor unserem Umzug hierher. Sie sieht ja immer noch gut aus, ich meine, die Eckbank ..."

„Auf jeden Fall, so ein schönes Stück", nickte ich zur Bestätigung.

„Also haben wir beschlossen, sie mitzunehmen. Passt zwar nicht ganz 'rein in die Ecke hier, aber es wäre doch schade gewesen, sie einfach wegzugeben, ich meine, die Eckbank."

„Definitiv zu schade", wiederholte ich. Sie strahlte wieder, als habe man ihr gerade die Tüte für den ersten Schultag überreicht. In der Diele blieb sie kurz stehen und deutete in Richtung der Treppe nach unten: „Da geht es in den Keller."

Im harten Licht der nackten Glühbirne, die von der Decke herunterhing, konnte ich ihr Gesicht betrachten. Sie war hübsch und hatte immer noch etwas Jugendliches an sich, obwohl sie die vierzig wohl schon vor einiger Zeit überschritten haben musste. Ich fragte mich, warum sie sich auf einen Mann eingelassen hatte, gegen den ein eitriger Pickel beim Ausdrücken wie ein Vulkan der Leidenschaft wirken musste. Dieser alte Charmeur im Speckmantel! Ihre Augen verrieten Müdigkeit, und auf ihrer Stirn waren Schattenlinien zu erkennen, die ich, warum auch immer, als Sorgenfalten interpretierte. Wie zur Bestätigung begann sie zu erzählen: „Wissen Sie, wir hatten uns das alles ein bisschen einfacher vorgestellt. Wir hatten es durchgerechnet und waren überzeugt, dass wir die Finanzierung problemlos hinkriegen. Hans, also mein Mann, hatte ja einen guten Job, beziehungsweise hat ihn immer noch. Aber die Kosten sind uns über den Kopf gewachsen. Die

Handwerker kamen oft Wochen zu spät, wenn sie überhaupt kamen, und immer wollten alle nur Geld sehen. Der Anwalt, den wir eingeschaltet haben, hat dann unsere letzten Reserven verbraucht. Jetzt wohnen wir seit fast zwei Jahren hier, aber es fehlt immer noch vorne und hinten."

Sie schien mit den Tränen zu kämpfen, als sie sich abwandte und die Treppe hinaufstieg. Mein Chef schrammte schon so lange am privaten Bankrott entlang? Im Nachhinein überraschte mich, dass er sich nie hatte etwas anmerken lassen. Na ja, andererseits war er schon immer ein Pokerface gewesen. Wie ernst die Lage tatsächlich war, wurde mir bewusst, als wir im Obergeschoss ankamen, wo die Kleinen gerade Gerichtsvollzieher spielten. Frau Metzger scheuchte beide in ihre Zimmer. Wir stiegen weiter unters Dach, wo sich ein großer, leerer Raum mit riesigen Fensterflächen und Blick auf das Baugebiet und die Zufahrtspiste befand. Die Glastür zum Balkon war mit Paketband zugeklebt, denn außen fehlte das Geländer. Zwischen den Dachbalken prangten nackte Pakete aus Glaswolle.
„Hier möchten wir mal ein Studio einrichten – irgendwann", sagte Frau Metzger mit einer Mischung aus Stolz und Resignation. Tristesse oblige, dachte ich mir, und sie begann mir leid zu tun. Smalltalk bereitete mir im Allgemeinen keine Probleme, aber so scharf ich auch nachdachte, mir fiel kein unverfängliches Thema ein, auf das man elegant umschwenken konnte.
„Wo er nur bleibt? Ich meine, Hans. Er weiß doch, dass wir Besuch haben."
„Machen Sie sich keine Sorgen", griff ich ihre Frage auf, „er hat sicher noch viel zu tun vor unserer Geschäftsreise."
Ich war mir nicht sicher, ob und wie viel sie von der Lage der Firma wusste, aber ich beschloss, ihr für den Abend wenigstens

dieses Thema zu ersparen.

„Sie haben Recht", sagte sie und lächelte erleichtert.

Wir standen einige quälend lange Minuten schweigend nebeneinander und schauten auf die Piste hinunter. Ein Wagen bog
um die Ecke und rollte vor dem Haus aus. Unter der Straßen-
laterne erkannte ich Metzgers rostroten Opel Senator. Nun
ergab auch das Sinn, was er mir auf einer Betriebsfeier vor
einigen Monaten „im Vertrauen" erzählt hatte: dass er keinen
Dienstwagen brauche, der ihm eigentlich zustand, dass er mit
seinem Privatauto sehr zufrieden sei und mit „all dem tech-
nischen Firlefanz" sowieso nichts anfangen könne. Tatsache
war, dass er sich den Gegenwert hatte auszahlen lassen, um
sein Haus halbwegs bewohnbar zu machen.

„Warum bleibt er so lange im Auto sitzen?", wunderte ich
mich.

„Wahrscheinlich wartet er noch, bis der Moderator im Radio
zu Ende gesprochen hat – er hasst es, jemanden zu unter-
brechen. Er ist ein so höflicher Mensch, wissen Sie!"

Wir kehrten ins Erdgeschoss zurück. An der Haustüre fingerte
Metzger im Schatten des Vordachs unkoordiniert nach dem
Schlüsselloch. Seine Frau erlöste ihn und öffnete von innen.
Ich war gespannt, welche Kosenamen sie sich zugedacht hat-
ten. „Hallo, mein Hase", begrüßte sie ihn und schmatzte ihm
auf den Mund. „Servus, Mäuschen", antwortete er ohne sicht-
bare emotionale Regung. Klassisch, dachte ich mir, Hase und
Mäuschen.

„Herr Hirschfeld, willkommen! Sind Sie schon lange da?"

„Eine halbe Stunde vielleicht."

„Gut", brummte Metzger, und ich fragte mich, was daran gut

war.

„Ich hatte noch etwas zu erledigen."

„Kein Problem, wir haben's uns schon gedacht."

„Wie gefällt Ihnen unser Haus?"

Ich schwankte zwischen Ehrlichkeit und Diplomatie, entschied mich schließlich für Letzteres: „Ja, es ist sehr schön – geschnitten!"

„Es ist eine Bruchbude, ein Trauerspiel und ein Fass ohne Boden!", antwortete er auf seine eigene Frage, während er seine Halbschuhe gegen ein gediegenes Paar Hauspantoletten aus Cord tauschte. Hatte er mich eingeladen, um mir das beizubringen? Dieser Blick hinter die brüchigen Fassaden der Familie Metzger war für alle Beteiligten eine peinliche Angelegenheit, und die Frage nach der Motivation dafür stellte mich vor ein Rätsel. Wollte er Mitleid oder gar Geld von mir? Ich beschloss, ihm etwas auf den Zahn zu fühlen: „Werden Sie es verkaufen?"

Metzger lachte kalt und höhnisch: „Haha, da kennen Sie mich schlecht! So einfach mache ich's mir nicht."

Er starrte mich frontal an, doch seine Miene konnte mit den entschlossenen Worten aus seinem Mund nicht ganz mithalten. Seine Haut war betongrau, die Brille mit Fettschlieren überzogen, und die Schweißperlen auf Stirn und Schläfen hatten sich der Haarsträhnen bemächtigt, die sonst die unbewaldete Hochebene auf seinem Schädel dezent kaschierten, was seinem Gesicht insgesamt ein äußerst unaufgeräumtes Aussehen verlieh. Alles in allem war er ein würdiger Vertreter der Generation Granufink.

„Hatten Sie noch schwer zu kämpfen im Büro?", fragte ich mitfühlend.

„Das kann man wohl sagen!" Pause. „Was halten Sie von einem kleinen Aperitif? Ich denke, den haben wir uns nach dem heutigen Tag verdient."

Mir war nicht klar, was diesen Tag aus der endlosen Reihe der anderen wenigstens für mich bedeutungslosen Tage in der Firma heraushob, doch nach dem obligatorischen Vorbehalt bezüglich meiner Fahrtüchtigkeit stimmte ich zu. Metzger und Alkohol, damit hatte ich in dieser Kombination noch keine Erfahrung, aber der Stimmung konnte das nur gut tun.

Wir stießen auf etwas an, an das ich mich nicht mehr erinnere. Kurz darauf rief die Hausherrin zu Tisch. Es gab Rinderbraten mit Kartoffeln und Rotweinsauce, Metzger opferte dazu eine Flasche Zweigelt. Die Kinder kamen herunter gestürmt, zogen jedoch nach etwas lustlosem Herumstochern in ihrem Essen mit einer Tüte saurer Pommes oder eines ähnlichen Geschmacksnarkotikums ab. Das Essen war passabel, auch wenn sich der Braten immer wieder gegen seine Zerteilung wehrte, was aber auch an den kinderfreundlichen Messern liegen mochte. Metzger schenkte zuverlässig nach, mit einem Mengenzuschlag für den Gast im Rahmen des Üblichen. Unsere Unterhaltung irrte zwischen unterschiedlichen Belanglosigkeiten hin und her, doch allmählich übte der Zweigelt eine wohltuende Wirkung auf die Stimmung aus, wenigstens auf meine eigene.

Ich fand Spaß daran, mit meiner Gastgeberin, die mir gegenüber saß, ein paar Blicke auszutauschen, die über den Rahmen der üblichen nonverbalen Kommunikation hinausgingen, und sie schien sich über meine gerade noch nicht anzüglichen Bemerkungen zu amüsieren, die bisweilen auch zu Lasten ihres Ehegatten gingen. Auf diesem Terrain fühlte ich mich zuhause und vor allem Metzger haushoch überlegen, also spielte ich weiter. Es war billig, mit seiner Frau unter seinen Augen solche postpubertären Balzrituale abzuhalten, aber ihr ungehemmtes Lachen spornte mich zu neuen sarkastischen Höchstleistungen an, gegen die er keine Chance hatte. Es musste schon sehr lange her sein, dass sie sich zuletzt so gut unterhalten gefühlt hatte, und daraus zog ich eine schon beinahe karitative Rechtfertigung für mein Benehmen. Das Ethanol in meinem Blut schwemmte Gewissensbisse und bange Gedanken an die nächsten Tage hinunter. Es war abzusehen, wer von uns dreien für diesen Abend auf der Strecke bleiben würde. Metzgers zunehmend finsterer Blick und die sich immer weiter vertiefenden Furchen auf seiner schier endlosen Stirn bestätigten meine Einschätzung.

„Ich muss nochmal in den Wagen, hab' was vergessen", brummte er beinahe unhörbar und erhob sich schwerfällig von der Eckbank.

„Soll ich Ihnen helfen?"

„Sie sind ja beschäftigt", murmelte er resigniert. Als er die Haustür hinter sich schloss, strahlte sie mich an: „Wie heißt du? Ich heiße Kathrin."

Ich konnte nur spekulieren, ob Metzger einfach einige Minuten abkühlen musste, um seine Rolle als Platzhirsch neu zu definieren, oder ob es tatsächlich etwas zu erledigen gab. Jedenfalls schepperte kurze Zeit später etwas im Treppenhaus und dann im Keller, bevor er an seinen Platz zurückkehrte: „Es ist spät, und wir müssen morgen sehr zeitig los."

„Sie haben Recht, ich sollte mich wirklich auf den Weg machen."

„Aber Bruno, du kannst doch jetzt nicht mehr fahren!", gab Kathrin mir zu bedenken.

„Da hast du natürlich auch Recht."

Dass die wenigen Minuten seiner Abwesenheit uns ausgereicht hatten, in die vertraute Nähe des 'du' vorzudringen, während ich für ihn immer noch 'Herr Hirschfeld' war, ließ ihn stutzen, doch er vermied die Konfrontation. Er war das weiche Ziel, als das ich ihn auch in der Firma kennengelernt hatte, und nur die Befürchtung, dass Kathrin später, wenn sie unter sich waren, für die Treffer, die er eingesteckt hatte, büßen würde, bewahrte mich vor Mitleid mit ihm.

„Können Sie mir ein Taxi rufen?", sprach ich ihn an.

„Unsinn, Sie bleiben hier. Auf dem Sofa kann man bequem schlafen, ich hab's schon ausprobiert." ... Als es das letzte Mal Stress gab wegen seiner frostigen Stimmung, und das konnte noch nicht lange her sein, dachte ich mir. Aber die Perspektive, Rinderbraten und Zweigelt bei einer endlosen nächtlichen Taxifahrt unkontrolliert weiter zu vermengen und das Ergebnis schließlich auf der Rückbank darzubieten, war wenig verlockend. Dass mir nun schon die zweite Nacht in Folge ohne meinen geliebten Seidenpyjama bevorstand, war dagegen zu verschmerzen. Ein gewisser Respekt vor Metzger kehrte durch sein generöses Verhalten nach all meinen Schmähungen zurück, zumal er nach meinem gelallten „nix für ungut" gutmütig abwinkte. War er wirklich so schmerzfrei?

Sie wünschten mir beide eine gute Nacht, wobei es Kathrin vermied, meinen Vornamen schon wieder zu erwähnen, und zogen sich zumindest dem Anschein nach friedfertig nach oben zurück.

6

Das Licht von tausend Sonnen brüllte mir ins Gesicht, als die Deckenstrahler über dem Couchtisch illuminiert wurden. Meine schiere Bewegungsunfähigkeit nach dem abrupten Ende eines viel zu kurzen, beinahe komatösen Schlafs, gepaart mit dem grellen Schein der Halogenlampen über meinem Kopf, bescherte mir einen Geisteszustand, der Berichten über Nahtoderlebnisse ähnelte, was jedenfalls alles andere als angenehm war. Mein linkes Bein, das ich zur besseren Kontrolle der Rotation in meinem Schädel kurz vor dem Fall in den Tiefschlaf ausgestellt hatte, war kalt wie Stein. Die Nachtabsenkung der Heizungsanlage schien äußerst wirksam zu funktionieren.

„Kommen Sie, auf, wir müssen los!", flüsterte Metzger zischend. Ich blinzelte auf meine Uhr, und es war beinahe beruhigend zu sehen, dass es nicht nur nach meiner gefühlten Uhrzeit erst halb vier war.

„Was? Nein, das kann nicht sein. Sie haben sich geirrt mit dem Wecker", antwortete ich angestrengt.

„Wir müssen noch Ihr Gepäck holen, und wir haben einen weiten Weg vor uns!"

„Der Weg ist auch nicht weiter, wenn wir um sechs aufbrechen!"

„Los jetzt!", befahl er barsch, in einem Ton, den ich von ihm nicht kannte, und in meiner Verfassung blieb mir nichts anderes übrig, als mich zu fügen. Ich schleppte mich für einige Spritzer Wasser ins Bad, und als ich herauskam, stand Metzger schon in der Haustür. Kathrin kam mit zusammengekniffenen Augen in ihrem Nicki-Schlafanzug die Treppe herunter, um sich von uns zu verabschieden. Ihr Angebot, uns Frühstück zu machen, schlug er sofort aus. Sie küsste ihren Mann ohne allzu große Leidenschaft, fasste mir dann vorsichtig an den Arm und sagte: „Passt auf euch auf!"

Ich war entschlossen, auf mich aufzupassen, aber mein Chef musste schon für sich selber sorgen, und ich hatte auch kein Interesse daran, dass er auf mich aufpasste.

Der Motor lief schon, als ich in die eisige Nachtluft hinaustrat. Ich stieg ein, und Metzger lenkte den Senator konzentriert durch die verlassenen Straßen, quittierte jeden Spurwechsel, jedes Abbiegen gewissenhaft mit dem Blinker, während ich benommen neben ihm saß und angestrengt versuchte, ihm rechtzeitige Hinweise für die richtige Fahrtstrecke zu geben. Er atmete laut und angespannt, ohne ein Wort zu sprechen. Die orangefarbenen Reflexionen der Straßenlaternen zogen in komplizierten Hyperbeln über die Motorhaube, einem stoischen Rhythmus folgend. Ich musste darauf achten, mich davon nicht hypnotisieren zu lassen, denn mein Brechreiz war hellwach und wartete nur darauf, mich zu überrumpeln.

Wir bogen in meine Straße ein. „Haben Sie was dagegen, wenn ich noch kurz dusche? Ich glaube, danach fühle ich mich besser."

„Nein, das dauert zu lange!"

„Sie können gerne mit nach oben kommen, ich mache uns wenigstens einen Kaffee!"

„Danke, nein, beeilen Sie sich!"

„Entspannen Sie sich doch, es wird ein schöner Tag! Und bei mir ist der Kaffee allemal besser als irgendwo an der Autobahn!"

„Also gut – aber dalli!"

Ich schämte mich nicht die Bohne dafür, dass unsere Wohnung alles andere als aufgeräumt war, nachdem ich am Abend zuvor erlebt hatte, was selbstgebasteltes Wohnen bedeutete. Ich räumte noch rasch meine restlichen Sachen in die Reisetasche, während Metzger in der Diele nervös auf und ab ging wie ein Langstreckenläufer unter Arrest. Ich fürchtete schon, er würde mir beim Einpacken meiner Unterhosen zur Hand gehen.

In der Küche röchelte der Kaffee durch die Maschine, während ich mich mit einer lauwarmen Dusche auf den kommenden Tag einstellte. Als ich schließlich frisch eingekleidet war, ging ich hinüber, um uns beiden eine Tasse einzuschenken, und nahm mir dabei die Zeit, ein bisschen aus dem Fenster zu schauen. Wann hatte man schon einmal die Gelegenheit, die Stadt beim Tiefschlaf zu beobachten? Das Bewusstsein, Metzger damit zu provozieren, spornte mich dabei zu noch mehr Langsamkeit an. Ein paar Sterne standen matt am Himmel, und ein praller Mond tauchte die Szenerie in farbloses Licht. Ein einsamer Flieger ritzte einen weißen Streifen in den Himmel.

Ich nippte genüsslich an meiner Tasse, während Metzger das heiße Zeug in einem Zug hinunterstürzte. „Ich gehe schon mal 'runter", kündigte er an, „Ihre Tranfunzligkeit macht einen ja wahnsinnig!"

Wenige Minuten später lief ich, meine Reisetasche in der Hand, Frau Hirzler aus dem ersten Stock in die Arme. Natürlich brauchen alte Menschen weniger Schlaf, aber sie schien wirklich rund um die Uhr Wache zu schieben; der Türspion war für sie, was andere im Privatfernsehen fanden. Die Neugier hatte sie schließlich, morgens um halb fünf, ins Treppenhaus getrieben.

„So, Herr Hirschfeld, Sie san aber scho früh unterwegs!"

„Sie aber auch, Frau Hirzler – dafür, dass Sie im Ruhestand

sind!"

Sie fasste das als Kompliment auf. „I wollt' nur amoi schau'n, ob die Zeitung scho da is!"

„Die von gestern bestimmt! Schönen Tag noch!"

Sie schaute mich irritiert und etwas grantig an, enttäuscht, nichts über mein Tun erfahren zu haben. Vermutlich würden unsere Nachbarn später am Tag von dem Gerücht erfahren, dass es zwischen Linda und mir Streit gegeben hatte und ich mir vorübergehend eine andere Bleibe suchen musste.

Metzger stopfte meine Tasche achtlos in den Kofferraum, neben seinen Hartschalenkoffer und einen weiteren massiven Koffer aus Aluminium. Ich ließ mich in den Beifahrersitz fallen und dachte noch einen Moment über unverfängliche Konversationsthemen für die lange Fahrt nach – Heimwerken im Low-Budget-Bereich, Italienischkenntnisse in Theorie und Praxis, Echthaartherapie – , bis mich das sonore Brummen des Senator-Aggregats in den Schlaf sang.

Am Irschenberg, als sich erste Spuren der Dämmerung am Horizont abzeichneten, wurde ich wieder wach. Zwischen fast geschlossenen Augenlidern beobachtete ich Metzger. Er fuhr wie ein Uhrwerk – jeder Blick in den Rückspiegel dauerte genau zwei Sekunden, dann folgten der linke und der rechte Außenspiegel, je eine Sekunde. Beim Überholen ein Schulterblick auf acht Uhr, mit robotergleicher Motorik. Ich konnte mir bildhaft vorstellen, wie er ausgeflippt war, als er festgestellt hatte, dass die Nische im Wohnzimmer zu klein für seine Eckbank war.

Ich holte mein Handy heraus und begann, meinen Highscore bei einigen der geladenen Spielchen zu verbessern. Metzger schien das reichlich nervös zu machen: „Was wollen Sie denn um die Uhrzeit mit dem Handy? Sie erreichen doch sowieso niemanden!"

„Wer sagt denn, dass ich telefonieren will? Ich bereinige gerade meinen Organizer."

„Der macht ja komische Geräusche dabei. Das ist doch ein Diensthandy, oder?"

„Ja, aber manchmal mache ich auch ein dienstliches Spielchen."

„Das sind die Dinge, die der Firma zu schaffen machen. Da stellt man den Mitarbeitern eine teure Ausstattung zur Verfügung, und dann wird sie zweckentfremdet."

„Keine Sorge, den Strom fürs Aufladen habe ich selber bezahlt." Offenbar hatte der Schlafmangel meinen geschätzten Vorgesetzten etwas reizbar gemacht. Das wiederum spornte auch mich an: „Sagen Sie, wäre es nicht geschickter, durch die Schweiz zu fahren statt über den Brenner, wenn wir ins Piemont wollen?"

„Ich mag die Schweizer nicht!"

„Es geht ja auch nicht darum, die Staatsbürgerschaft anzunehmen; wir könnten einfach ihre Straßen benutzen."

Ein missmutiges Grunzen verriet mir, dass die Unterhaltung zu diesem Thema zumindest von seiner Seite beendet war. Also schwieg ich ein wenig vor mich hin und sah zu, wie sich das Tageslicht allmählich durch einen schmierigen Föhnhimmel quälte. Noch kein morgendliches Alpenglühen, die Kitzbüheler Berge lagen als monströse schwarze Klumpen vor uns. Metzger schaltete die Scheinwerfer aus: „Da spart man locker einen Liter auf hundert Kilometer!"

Wir rollten schweigend auf Innsbruck zu; der unruhige, milchige Inn schoss neben der Autobahn an uns vorbei. Aus dem Augenwinkel sah ich den Schriftzug „Gendarmerie" auf dem

Auto, das langsam links an uns vorbeizog. Als sich das Fenster auf der Beifahrerseite öffnete, war mir sofort klar, dass es nicht um Frischluftzufuhr ging. Kurz darauf erschien eine rote Kelle an einem Gendarmenarm, der tapfer gegen den böigen Fahrtwind kämpfte.

Für den Bruchteil einer Sekunde zuckte Metzger mit dem Gasfuß. Der Motor wurde lauter, und der Senator versuchte, im Rahmen seiner Möglichkeiten Fahrt aufzunehmen. Doch die Vernunft siegte, und der Wagen rollte auf dem Standstreifen aus. Metzgers Gesichtsfarbe konnte sich nicht recht zwischen signalrot und morgengrau entscheiden, und sein Atem klang nach Luftmatratzenaufpumpen. Mit zitternder Hand kurbelte er die Scheibe herunter. Einer der beiden Beamten erschien an seinem Fenster. „Griaßgott. Se wiss'n, doss in Esterräich seit kurzem des Foahrlicht auch am Dog äigschoit säi muess?", fragte er scheinheilig mit breitem Tiroler Akzent. Metzger schüttelte sprachlos den Kopf. „Zäign's mir doch bitte amol Ihre Papiere."

Metzger beugte sich in meine Richtung und öffnete das Handschuhfach. Ein Hauch von Angstschweiß zog mir in die Nase. Minutenlang betrachtete der Gendarm jede einzelne Seite der Dokumente mit finsterem Blick. Wollte er uns provozieren, oder wartete er darauf, dass ihm jemand vorlas? Schließlich ging er zu seinem Dienstfahrzeug und kehrte mit einem Formularblock zurück. Sorgfältig begann er, alle Felder auszufüllen.

Sein Kollege war inzwischen ebenfalls ausgestiegen, hatte misstrauisch unser Fahrzeug umrundet und deutete jetzt auf die Windschutzscheibe. Unser Protokollant griff das Thema dankbar auf: „Ich seh grad, Se ham' koa Pickerl für dieses Joahr, ich mäine, käine Vignette. Des wird täier. Fümpfzehn Öiro fürs Foahn ohne Licht und hundertzwanzig Öiro fürs fehlende Pickerl, mocht hunderfümpfunddräißig Öiro."

Metzger bebte in seinem Gestühl, nur gebändigt durch den Sicherheitsgurt. Kaum hörbar zischte er durch die geschlossenen Zähne: „Schluchtenscheißer!"

„Wos hom's g'sogt?"

„Er möchte wissen, ob man auch mit Kreditkarte bezahlen kann", griff ich ein, um Schlimmeres zu verhindern. In diesem Moment hielt Metzger schon widerwillig das geforderte Bündel Scheine hin. Dafür erhielt er seine Papiere zurück, dazu einen Durchschlag des Formulars, eine Quittung und den Hinweis: „Heit und moag'n dürfen's mit dem Beleg die Autobahnen in Esterräich umsonst benutz'n. Guate Foaht und an schenan Dog no!" Er tippte mit dem Zeigefinger an seine Dienstmütze, und die beiden trollten sich.

Metzger saß jetzt verkrampft und unbeweglich da, den Blick starr nach vorne gerichtet, beide Hände um das Lenkrad gekrallt. Erst allmählich schien das Leben in ihn zurückzukehren. Er zog eine Ladung Rotz mit Schwung durch die Nase nach oben, wischte sich mit dem Ärmel seines Hemds den Schweiß von der Panoramastirn und startete den Motor.

Auf den ersten Kilometern herrschte betretene Sprachlosigkeit. „Die Österreicher sind Ihnen also lieber als die Schweizer, sagten Sie?", setzte ich an. Er lachte hämisch. Ich fuhr fort: „Sehen Sie es positiv: Wenn Sie die nächsten elfhundert Kilometer ohne Licht weiterfahren, haben wir wenigstens die fünfzehn Euro wieder drin – vorausgesetzt, es fällt nicht noch einmal auf."

„Kollege Hirschfeld, Sie sind ein großer Spaßvogel, aber Sie wissen nie, wann es reicht."

„Ich vermute, jetzt?"

„Spätestens!"

„Na schön, reden wir über etwas anderes. Haben Sie nicht auch Hunger? Wir haben nichts gefrühstückt."

„Mir ist er gerade vergangen."

Wieder Schweigen. Mein Magen meldete seinen Anspruch mit Nachdruck an, also versuchte ich es kurz darauf erneut: „Ich habe *wirklich* Hunger. Sollten wir nicht irgendwo 'rausfahren und einen Happen essen? Falls das, was Sie dem freundlichen Beamten gerade gegeben haben, Ihr Verpflegungsgeld war – ich lade Sie ein!"

„Na schön!"

Statt die nächste Ausfahrt oder wenigstens eine Raststätte anzusteuern, bog Metzger einfach auf einen Autobahnparkplatz ab. Ich war irritiert: „Wollen Sie eine Pizza hierher bestellen?"

„Meine Frau – Kathrin – hat uns 'was mitgegeben."

Meine Stimmung, die sich gerade auf den Weg der Besserung gemacht hatte, rutschte wieder ab. Rührei, Tiroler Speck und G'röschtl, die sich vor meinem geistigen Auge geradezu plastisch materialisiert und meine Magensäfte in erwartungsvollen Aufruhr versetzt hatten, verblassten und räumten das Feld für graues Vollkornbrot mit Margarine, Scheiblettenkäse und Bioäpfel. Vom Herunterschlucken meiner Enttäuschung war ich schon ein wenig satt, doch die Viktualien, die Metzger aus dem Kofferraum holte, schauten durchaus appetitlich aus: konventionelles Brot mit Schinken und neckischen Scheibchen von der Essiggurke sowie zur Abrundung für jeden ein Stück kalter Braten vom denkwürdigen Vorabend. 'Kathrin hat uns nicht hängen lassen', dachte ich mir, während wir uns aus dem Proviantbeutel bedienten, und Metzger ließ seine übersinnlichen Kräfte spielen, als er plötzlich fragte: „Wie fanden Sie meine Frau?"

„Bitte? Ich verstehe die Frage nicht."

„Die Frage ist doch ganz einfach – wie fanden Sie Kathrin?"
Ein Meer von Nesseln und riesigen Fetttrögen umgab mich,
doch ich versuchte, cool zu bleiben: „Sympathisch!"

„Na, kommen Sie schon, Sie fanden sie scharf, richtig?"

„Hören Sie mal, ich bin ziemlich glücklich liiert ..."

„Das hält doch einen Mann nicht davon ab, eine Frau scharf zu
finden, wenn er glücklich liiert ist, habe ich recht? Wir sind
doch unter uns, da ist doch nichts dabei, das zuzugeben unter
Männern!"

Er lachte ungehemmt und donnerte mit seiner Pranke auf meine Schulter. Was sollte das nun? Erst die Vorgesetztenneurose
mit dem undienstlich genutzten Handy, und plötzlich war er
derart scharf darauf, dass ich Kathrin scharf fand! Nicht, dass
es völlig zu leugnen gewesen wäre, zumal Frauen mit dem
gewissen melancholischen Etwas besonders anziehend auf
mich wirken – aber ehrlich gesagt hatte ich noch viel eher den
Eindruck gehabt, dass sie *mich* scharf fand und ihren Hans
reichlich unscharf. Da dieser Hans jetzt einfach nicht locker
ließ, tat ich ihm den Gefallen: „Wenn Sie es unbedingt hören
wollen: Ihre Frau ist, objektiv gesehen, wirklich scharf!"

„Na also, geht doch", grinste er, kletterte über den Zaun, der
den Rastplatz vom Innufer trennte, stellte sich an den Fluss und
fügte den weißen Fluten einen leisen Gelbton hinzu. Kurz
darauf kehrte er zurück, streckte mir seine Hand entgegen und
sprach feierlich: „Ich heiße Hans!" Obwohl ich befürchtete,
dass eben diese Hand vor Sekunden beim Abschüttel- und
Verstauvorgang eine Schlüsselrolle gespielt hatte, griff ich
danach, rang mir ein Lächeln ab und sagte: „Bruno."

Wir gondelten weiter Richtung Staatsgrenze, während sich der Senator an den langgezogenen Steigungen Richtung Brenner eher wie ein Senior gab. Ein Vierzigtonner nach dem anderen zog links an uns vorbei, und wir schienen uns auf einer Spur von klebrigem Honig voran zu quälen. Ein böiger Wind presste dreckige Wolkenbatzen über den Bergkamm, die schon begannen, sich auf der Windschutzscheibe zu erleichtern. Die Wischer kreischten ihr monotones Lied und verteilten dabei die sterblichen Überreste der Sommerfliegen gleichmäßig über das Sichtfeld. Wir redeten nicht viel, und doch schienen wir nun mit einer merkwürdigen Art von Beziehung verbunden – weit entfernt von Respekt oder gar Sympathie, vielleicht eher wie Waldorf und Statler.

Als wir die Passhöhe überquerten, hatte sich das Tröpfeln in einen veritablen Landregen verwandelt, und obwohl dies Italien war, das gelobte Land, konnte die alpine Trauerstimmung in Reit im Winkl oder Rottach-Egern nicht größer sein als jene, die uns hier umgab. Die Gischt der vorausfahrenden Fahrzeuge vermischte sich mit dem Fliegendreck und ließ erschreckend wenig Sicht auf die Straße übrig. Hans' zusammengekniffene Augen verrieten mir, dass es ihm ähnlich ging, also schloss ich meine und hoffte, dass mir das Glück wieder einmal hold sein würde. Ich dachte an die vielen Zufälle, die mich zu dieser Firma geführt hatten, die dafür gesorgt hatten, dass ich jetzt hier neben diesem Hans saß und einem unbekannten Ziel entgegenfuhr.

Kurze Tage und lange Nächte einer verlängerten Jugend in meiner geliebten Heimatstadt, nur durch die lästigen Pflichten eines Studiums gestört, das ich mit ähnlicher Euphorie betrieben hatte wie heute das Ausfüllen meiner Steuererklärung. Wie alle Studenten war ich überzeugt, der Abschluss in der Tasche, gepaart mit meiner grenzenlosen (angesichts der Unzulänglichkeiten meiner Umwelt) fast schon beängstigenden Genialität, werde mir die Türen zur Welt der Schönen und Erfolgreichen mit Gewalt aufstoßen, ob ich es nun wollte oder nicht. Erste Klausurergebnisse tief im Süden der Ergebnislisten vermochten meine Siegesgewissheit nur kurz zu hemmen. Mein in der Folge entwickeltes ausgeklügeltes Geschäftsmodell basierte darauf, für Lehrstuhlassistenten mit Zugang zu den Prüfungsunterlagen ein Wochenende im Skiappartement meines Onkels in Lech zu arrangieren, in dem zufällig gerade auch meine äußerst attraktive Cousine Katja logierte. Ich bat sie, den spröden Akademikern ihren Aufenthalt am Arlberg so angenehm wie möglich zu gestalten, wobei ich ihr bei der Ausgestaltung dieser Rolle freien Lauf ließ. (Ich habe sie später nie nach ihrer Interpretation gefragt.) Um den Kreislauf des Gebens und Nehmens zu schließen, erfüllte ich Katjas sehnlichsten Wunsch und organisierte über einen Neuseeländer namens Alan, den ich auf der Wies'n kennengelernt hatte, ein vierwöchiges Extremsportseminar in Queenstown für sie - gegen den Willen ihres Vaters, der ohnehin nie zu meinen Gönnern gehört hatte. Als eben diesem die Fremdnutzung seines Domizils zu viel wurde und er das Schloss austauschen ließ, war ich längst wieder auf die breite Straße des Erfolgs eingeschwenkt. Die Examensnote war schließlich am Limit des Vertretbaren, jedoch mit minimalem Aufwand erzielt - eben das Ergebnis eines konsequent betriebswirtschaftlich ausgerichteten Konzepts.

Zu dieser Zeit war ich mir sicher, dass meine zahlreichen Bekanntschaften an der Alma Mater mir den Weg in eine unanstrengende, sanfte Selbständigkeit bei beruhigendem Kontostand ebnen würden. Ich musste allerdings feststellen, dass einige meiner Mitstreiter sich als Surflehrer in Herrsching oder Riva über Wasser hielten, während die meisten anderen als ewige Studenten zwischen den Wohnheimen der Stadt hin- und herzogen, unter falschem Namen oder mit einem langfristigen Attest vom Orthopäden. Den Rest gaben mir schließlich zwei meiner treuesten Freunde, die mich auf dem Weg zum Examen lässig rechts überholt hatten und die ich für die Fähigkeit, diese Leistung mit einer scheinbar ständigen Präsenz auf sämtlichen Architekten- und Medizinerfeten der Stadt zu kombinieren, zutiefst bewunderte. Sie hatten den Kopfsprung in die Selbstständigkeit gewagt, und als ich sie zwei Jahre später wiedersah, mit tiefen Furchen um die Augen, grauen Schläfen und einem – nach eigenen Aussagen – tiefroten Kontostand, war mir klar, dass ich wenigstens bis zur ersten Million ein sicheres Angestelltenverhältnis mit geregelten Arbeitszeiten anstreben würde, vorzugsweise in der Stabstelle eines Weltkonzerns.

Meine Beziehungen in diese Kreise waren eher spärlich gesät, also begann ich, mich konventionell zu bewerben, damals noch mit Briefpapier und Klemmmappe. In der Überzeugung, dass Deutschlands Headhunter um mich kreisen würden wie die Fliegen um den Fladen, besorgte ich mir einen Anrufbeantworter mit extra großer Aufnahmekapazität.

Zu meiner Verwunderung vergeigten viele namhafte Unternehmen die Chance, mich persönlich kennenzulernen. Ein paar Monate und etliche Druckerpatronen später bewies die Mendl & Söhne KG mehr Weitblick. Man suchte händeringend nach einer dynamischen Nachwuchskraft im Vertrieb. Da der zuständige Abteilungsleiter, ein gewisser Hans Werner Metzger, gerade auf Kur weilte, sprach ich nur beim Personalchef vor.

Der zeigte sich Vertriebsfragen gegenüber aufgeschlossen, aber auch völlig ahnungslos, was mir die Gelegenheit gab, mich im Glanz einiger sinnfrei aneinandergereihter Zitathülsen aus dem Wöhe zu sonnen. Ich überzeugte ihn offenbar so sehr davon, dass eine Verkürzung der Pay-off-Periode nur unter Nutzung eines positiven Leverage-Effekts bei gleichbleibendem Kalkulationszinsfuß zu erreichen sei, dass ich meine Vertragsunterlagen gleich mit nach Hause nehmen konnte. Einziger Streitpunkt war das angebotene Salär, welches das geplante Erreichen der Millionenschwelle um einige Jahrzehnte hinausschob. Zwei Telefonate mit einem angesichts meiner Vorstellungen schmerzgeplagten Personaler brachten schließlich einen Kompromiss, der es dem Hause Mendl ermöglichte, das Gesicht zu wahren.

Wochen später erfuhr ich, dass mein Vorgänger zur Beendigung seiner Tätigkeit zum Wohle der Firma überredet worden war, nachdem er im Streit um Erfolgsprämien Stump als „fettes ausbeuterisches Bonzenschwein" bezeichnet hatte – wie viele fanden, eine harte Maßnahme gegen jemanden, der einen allgemein bekannten und keineswegs neuen Sachverhalt auf den Punkt gebracht hatte.

Nachdem ich Metzger näher kennengelernt hatte, war ich überzeugt, dass mein Überholvorgang auf der Karriereleiter an ihm vorbei nur eine Sache von Monaten sein würde. Der Vertrieb stand zu dieser Zeit noch recht ordentlich da, aber als mir mehr und mehr dämmerte, dass im Keller der Verkaufsbilanzen nicht nur einzelne Leichen, sondern ganze Massengräber auf ihre Entdeckung warteten, hielt ich es für ratsam, meinem Chef erst einmal den Vortritt zu lassen. Nun, fünfeinhalb Jahre später, gammelte der Friedhof weiter im Untergrund vor sich hin, während es Metzger auf wundersame Weise immer wieder gelang, den zunehmenden Gestank mit duftigen Prognosen zu überdecken.

Nun saß ich also neben meinem Rivalen, der keiner mehr war, innerlich gekündigt und äußerlich gelassen. Das änderte sich schlagartig, als Hans wieder einmal einen seiner berüchtigten Pläne aus dem Nichts verkündete: „Bruno, was hältst Du davon, wenn wir unsere Pflichtreise mit einem kurzen Abstecher ans Meer verbinden?"

Na bitte, da hatten wir's. Es war also doch so, wie ich befürchtet hatte: Hans, der Typ aus der Rubrik „Er sucht Ihn", der rosarote Panther, der Anusangler. Ich sah uns schon nebeneinander am Strand von Sestri Levante stehen, seine speckige Hand nach meiner greifend, während vor uns die glühende Sonne in den Golf von Genua abtauchte. Mich fröstelte bei dem Gedanken. Vielleicht war alles sogar noch schlimmer – Hans, der Perverse, dem kleine Jungs nicht mehr genug waren, Hannibal, der fernab der heimischen Psychiatrie sein Meisterstück vollbringen wollte. Hans, der Metzger – nomen est omen. Was mochte der Inhalt des geheimnisvollen Metallkoffers sein? Das komplette Portfolio der Lack- und Lederindustrie, chirurgisches Gerät, Messer und Gabel? Ich schluckte trocken durch und schwor mir, Tag und Nacht wachsam zu bleiben.

„Ob du es glaubst oder nicht, ich war noch nie am Meer", sagte er mit krächzender Stimme.
„Nicht zu fassen – du warst noch nie am Meer? Keine Klassenfahrt nach St. Peter-Ording? Keine Expressbusreise an die Costa Brava? Ich glaub' es nicht!" Das verschaffte mir etwas

Zeit, um mich zu sammeln.

„Meine Eltern hatten nie viel Geld. Wir waren höchstens im Bayerischen Wald oder im Allgäu. Später musste ich mir meine Ausbildung selber finanzieren, da blieb kein Platz für solche Fisimatenten." Er versuchte, das Wort möglichst abfällig klingen zu lassen. Eigenartig, dachte ich mir, dass ihm solche Fisimatenten nun so wichtig waren. „Ich war mal in Hamburg bei einem Seminar, als die Firma noch Geld hatte – unter dem alten Mendl. Da hab' ich zumindest ein bisschen Seeluft geschnuppert. Aber schließlich liegt Hamburg nicht am Meer. Dann hab' ich Kathrin kennengelernt. Sie wurde schnell schwanger, wir haben gespart für das Haus – und wie sich das so entwickelt hat, ist ein richtiger Urlaub in weite Ferne gerückt."

Jetzt war er wieder der alte Mann, geknickt und bemitleidenswert. Ein typischer Fall von Genussfeindlichkeit, fand ich. Gleich das volle Programm, Haus bauen, Baum pflanzen, Kind zeugen – und hinterher beklagen, wie wenig das Leben doch zu bieten hatte.

„Na ja, mal sehen – wenn noch Zeit dafür bleibt ..."

Ich entspannte mich wieder ein bisschen, während wir schon den Gardasee passierten. Auf der Höhe von Verona verließen wir die Autostrada und tingelten nun über lombardische Landstraßen. „Direkter, schneller, billiger", meinte Hans, nachdem er mir eine Landkarte in die Hand gedrückt hatte. Immerhin war der penetrante Regen inzwischen verebbt, es war nur noch grau und trüb, und die norditalienische Kunststoffindustrie schickte uns ihre olfaktorischen Willkommensgrüße durchs Gebläse.

Dann klingelte mein Handy. Es war unsere Abteilungssekretärin, Frau Dromsky, und sie war völlig aufgelöst. Das grobmaschige Mobilfunknetz in der Gegend tat sein Übriges zu einem äußerst bizarren Gespräch.

„Hallo? ... Ja ... WAS? ... Sagten Sie ... Im Ernst? ... Weiß man ... Hä? ... Wir sind ... Sollen ...“ Dann brach die Verbindung ab. Ich hatte nicht viel verstanden, aber unzweifelhaft war: Man hatte Stump tot in seinem Büro gefunden. Er war keines natürlichen Todes gestorben. Es fehlte vermutlich Geld. Man hatte sich gefragt, wo wir beide steckten. Halanke hatte von unserer Dienstreise gewusst. Und das Diensthandy von Hans war mal wieder ausgeschaltet.

Die letzten Tage waren nicht gerade arm an unvorhergesehenen Ereignissen gewesen, aber das hier stellte alles in den Schatten. Wenn die Firma Mendl schon nicht sexy war, so hatte sie jetzt wenigstens Crime zu bieten. Hans fasste die Nachricht gelassen bis stoisch auf: „Früher oder später musste es so kommen.“

„Kein Entsetzen, keine Trauer?“

„Na hör mal, du bist auch nicht gerade schockiert.“

„Nun ja, er war nicht Mutter Theresa; soweit ich weiß, gehörte er nicht einmal zu ihrem engeren Freundeskreis. Aber immerhin war er der Boss. Was tun wir jetzt? Kehren wir um?“

„Warum sollten wir? Stump ist nicht die Firma, und die Firma ist nicht Stump.“

„Aber wir sind in seinem Auftrag unterwegs.“

„Wenn es dir hilft: Er hätte gewollt, dass wir seinen Auftrag zu Ende bringen.“

„Das klang zu wenig pathetisch, um überzeugend zu wirken. Und überhaupt: Warum meinst du, dass es früher oder später so kommen musste?“

Jetzt wurde Hans langsam sauer: „Ach, komm schon, es ist doch kein Geheimnis, dass Stump krumme Dinger gedreht hat. Es hat ihm ja keiner mehr auf die Finger geschaut, nachdem der alte Mendl gestorben ist. Es gibt nicht wenige, die behaupten, er habe systematisch in die eigene Tasche gewirtschaftet. Man sollte so etwas ja nicht sagen in der jetzigen Situation, aber er hat der Firma mehr geschadet als genutzt."

„Mit anderen Worten, jetzt kommen die goldenen Zeiten zurück?"

Er sparte sich die Antwort.

Ich war froh, als ich Hans endlich zum Fahrerwechsel überreden konnte – nicht, um die alten Pferde des Senator endlich näher kennenzulernen, sondern wegen seiner verkrampften Fahrweise inmitten all der italienischen Lässigkeit. Die Nachricht, dass Stump den Holzpyjama angezogen hatte, machte die Sache nicht besser. Zu diesem Zeitpunkt wussten wir noch ungefähr, wo wir uns befanden, im Dreieck zwischen Mantova, Brescia und Cremona. Das änderte sich, als Hans die Navigation übernahm. Ich folgte brav seinen Anweisungen, während wir durch endlose Pappelplantagen und trostlose Industriekäffer rollten. Als wir zum dritten Mal eine Werbetafel für Billigspumante, eine Bar namens „da Vittorio" und eine stillgelegte Tankstelle passierten, meinte er allen Ernstes: „Die Orte hier gleichen einander wie ein Ei dem anderen, findest du nicht?"

„Verrätst du mir wenigstens, welches Ziel wir heute anstreben – bei aller Geheimhaltung? Ich kann dir versichern, Stump drückt beide Augen zu!"

Er grinste breit: „Na schön – wir müssen nach, äh", während sein Finger planlos über die Karte irrte, „Alessandria. Wir übernachten dort. Der Termin ist erst morgen früh."

Ich nutzte unsere nächste Pinkelpause, um Halanke anzurufen und ihn nach weiteren Einzelheiten zu den Vorfällen in der Firma zu fragen. Er stand noch völlig im Bann der Ereignisse.

„Wie ist es denn passiert? Hat ihn jemand mit seinem Tresor erschlagen?"

„Bruno, du glaubst es nicht. Er ist erdrosselt worden, stranguliert!!! Du kannst dir nicht vorstellen, was hier los ist. Die Polizei hat alles abgesperrt, die Presse rennt uns die Türen ein – es ist furchtbar! Ich weiß gar nicht, was ich tun soll."

„Du könntest mal deinen Arbeitsplatz aufräumen. Richtig furchtbar wäre es erst, wenn ein Foto von deinem Schreibtisch in der Abendzeitung erscheinen würde!"

„Das ist nicht lustig, Bruno, das ist wirklich nicht lustig! Wie ist es denn bei euch? Seid ihr wenigstens erfolgreich?"

„Außerordentlich", beruhigte ich ihn. „Weiß man denn schon, wer sich an Stump herangewagt hat? Da braucht man sicher eine Menge Mut, bei dem Kampfgewicht!"

„Nein. Die Polizei meint, es sieht nach Raubmord aus. Stell dir das mal vor – Raubmord! Der Tresor stand offen. Es konnte allerdings keiner sagen, was fehlte. Den Inhalt kannte wohl nur Stump selber."

„In welchem Zustand war die Leiche denn – ich meine, ist er irgendwie missbraucht worden?"

„Bitte? Wie kommst du denn darauf? Natürlich nicht, davon war jedenfalls nicht die Rede." Das war immerhin ein beruhigendes Indiz für mich, dass Hans mit der Sache nichts zu tun hatte. Er fuhr in bemüht professionellem Tonfall fort: „Ich habe den Beamten gesagt, dass ihr auf Dienstreise seid. Ihr sollt euch gleich bei der Kripo melden, wenn ihr wieder zurück seid! Sie brauchen die Zeugenaussagen von allen auf dem Stockwerk."

„Ich wüsste nicht, was wir ihnen erzählen sollten. Aber bitte, wenn es gewünscht wird. Wie ist es mir dir, Hans? Hast du verdächtige Beobachtungen gemacht?"

Er winkte ab und schüttelte den Kopf. Das war schon seltsam: Zwei Nächte nach meiner Begegnung mit Derrick im Traum hatte ich nun tatsächlich mit der Kripo zu tun, wenn auch nur am Rande. Und ich war in Italien. Und ich war mit Hans unterwegs. Das war der Stoff, aus dem Déjà-vu-Erlebnisse gemacht waren.

Bei unserer kopflosen Tour durch Metropolen wie Casalpusterlengo hatten wir zwar Maut gespart, aber auch jede Menge Zeit verbummelt. In dem klammen Dunst, der alles umgab, setzte die Dämmerung schon mitten am Nachmittag ein. Während wir auf Alessandria zufuhren, fragte ich: „Nach welchem Hotel müssen wir Ausschau halten?"

„Warte mal", murmelte Hans, während er abwechselnd wild in seinem Notizblock herumblätterte und die Straßenzüge nach irgendwelchen Anhaltspunkten absuchte. „Fahr da vorne links ... jetzt rechts ... Nein, das stimmt nicht ... Weiter geradeaus ..."

Nach zwanzig weiteren widersprüchlichen Kommandos waren wir in einer besonders finsteren Ecke der Stadt angekommen. Als am Ende der Straße ein massives Gebäude mit Leuchtschrift auftauchte, rief er aufgeregt: „Dort! Dort vorne ist es. Halte davor an, ich regle alles."

„Wir haben doch zwei Einzelzimmer?"

„Was denkst du denn?"

Er verschwand in der Eingangstür unter dem Schriftzug „Hotel Royal". Die Hoheiten, die hier logierten, konnten allenfalls Könige der Unterwelt sein. Kurz darauf kehrte er mit erleichtertem Gesichtsausdruck zurück und winkte mich herein. Ich holte mein Gepäck aus dem Kofferraum und trug es mit festem Griff in einen schummrigen Vorraum, einer Art Lobby mit

Notbeleuchtung. Der Concierge sah uns an, als hätten wir seine Mama beleidigt, während er uns die Zimmerschlüssel in die Hand drückte. Auch die übrigen Gestalten, die auf den Sofas und Sesseln herum fläzten, vermittelten uns nicht den Eindruck, zu Gast bei Freunden zu sein: ein massiger Signore im Jackett mit Batterien von Goldringen an sämtlichen Fingern und einer kolossalen Narbe schräg über die Stirn, ein Jüngling im Designeranzug mit gelschwerem, schulterlangem Haar und tiefschwarzer Sonnenbrille sowie zwei sehr südländisch anmutende, unrasierte Männer in seidenglänzenden Trainingsanzügen. Sie unterbrachen ihre Unterhaltung in unserer Anwesenheit und beäugten uns argwöhnisch. Es war eine lichtscheue Klientel, die sich hier versammelt hatte, und ihr war unsere Gegenwart offensichtlich genauso unangenehm wie uns ihre. Wir beeilten uns, das Gepäck in den ersten Stock zu hieven, wo sich unsere Zimmer befanden. Als wir außer Hörweite waren, sagte ich nicht ohne Anerkennung: „Das ist ja ein echter Geheimtipp hier. Wo hast du den her – aus dem Corriere della Cosa Nostra?"

„Sei froh, dass du ein Dach über dem Kopf und ein Bett hast. Ich schlage vor, wir ruhen uns aus und suchen uns später ein Restaurant zum Abendessen."

„Wie wäre es, wenn wir ein Klopfzeichen vereinbaren?"

„Sei nicht albern."

Von den Wänden der düsteren Kammer bröselte der Putz, und die Matratze war derart durchgelegen, dass man sich eher darin als darauf befand und es schwer war, im Liegen zum Fenster zu sehen, aber ansonsten war alles tadellos. Ich öffnete meine Reisetasche, konnte mich aber nicht überwinden, meine Sachen herauszunehmen. Mein Kopf war unaufgeräumt nach diesem Tag, und ich wollte, dass mir Linda dabei half, ihn wieder etwas zu ordnen.

„Hallo?"

„Ich bin's. Wie geht's dir, was machst du?"

„Alleine sein."

„Toll, das mache ich auch. Hast du schon ..."

„Von Stump gehört? Ja, es kam im Radio. Es ist schon eigenartig ..."

„Wie meinst du das?"

„... dass das passiert, wo ihr gerade weggefahren seid."

„Findest du? Damit gehören wir schon mal nicht zum Kreis der Verdächtigen."

Sie lachte, und wie immer, wenn sie das am Telefon tat, vermisste ich sie. Ich erzählte ihr von Hans' nostalgischen Anwandlungen, davon, dass er noch nie am Meer gewesen war, von unserer Odyssee durch ein ziemlich fremdes Stück Italien, von der bizarren Begegnung in der Hotellobby.

„Diese Firma ist seltsam. Du solltest zusehen, dass du Land gewinnst – so bald wie möglich."

„Du weißt ja, ich arbeite daran. Aber der nächste Schuss muss einfach sitzen, da muss man eben schon ein bisschen länger zielen."

„Makaber, was du da sagst."

„Wieso? Stump ist erdrosselt worden. Niemand hat auf ihn geschossen."

„Wir sollten das Thema wechseln. Das ist alles schlimm genug."

„Nüchtern betrachtet hast du ja Recht. Was mich erschüttert, ist die Tatsache, dass mein Büro nur drei Türen von einem Mordschauplatz entfernt liegt. Aber was Stump angeht – ich übe mich in Betroffenheit, versuche, mir eine Träne herauszupressen, aber es entweichen nur Blähungen. Es lässt mich derart kalt, dass nur ein Schluss möglich ist: Er muss ein echtes

Schwein gewesen sein."

„Lassen wir das. Wann kommst du zurück?"

„Morgen ein Termin hier, wahrscheinlich noch ein weiterer am Freitag – und dann wäre da noch der Ausflug ans Meer ... Samstagnacht, schätze ich."

„Dann plane ich den Samstag also ohne dich."

„Lädst du deinen Hausfreund ein?"

„Der war heute schon hier. Ich denke, ich werde mich mit Klara treffen."

„Morgen ist schon Donnerstag. Bist du zu erreichen?"

„Zu den üblichen Sprechzeiten."

„Also schön. Dann bis morgen."

„Ciao. Mach keine Dummheiten."

„Nicht mehr als sonst", sagte ich noch und merkte, dass sie schon aufgelegt hatte. Inzwischen war es stockfinster; nur das A des „Royal" außen an der Fassade strahlte neonrot in das Zimmer.

Ein durchaus pastakompatibler Hunger machte sich bemerkbar. Ich wollte Hans zur sofortigen Nahrungssuche bewegen, zumal die Gegend nicht eben eine Restaurantmeile war und uns somit ein längerer Weg bevorstand. Ich zog Schuhe und Mantel an, um ihn von seinem Zimmer schräg gegenüber abzuholen, löschte das Licht und erschrak zu Tode, als ich die Tür öffnete und einem Mann in der Dunkelheit des Hotelflurs gegenüberstand. Ich hatte mich schon immer gefragt, wie diskret die Mafia bei ihren Liquidationen wirklich war, und rechnete sekündlich mit einer Antwort, doch es war nur Hans, der sich über meine Schreckhaftigkeit köstlich amüsierte.

Wir gingen ein Stück in die Richtung, wo wir das Zentrum vermuteten, vorbei an authentisch vergammelten Fassaden und vergitterten Schaufenstern, und wurden schneller als erwartet fündig. An der Tür prangten keine Sterne, aber der Laden sah angenehm unkompliziert aus, und der Geruch aus der Küche sog uns förmlich hinein.

Die Entscheidung für eine Flasche Barbera war schnell getroffen. Während wir auf unser Essen warteten, holte Hans eine Packung mit Pillen hervor und spülte eine davon mit dem Barbera hinunter, wobei er angestrengt das Gesicht verzog.

„Ist der Barbera schlecht, oder sind's die Medikamente?", wollte ich wissen.

„Die Mischung macht's", antwortete er schwer atmend.

„Wo wir gerade so gemütlich zusammensitzen", fing ich an, „was machen wir morgen? Haben wir keine Termine?"

„Doch, klar. Wir sind morgen früh um neun bei einer Firma hier in der Nähe, äh, Richtung Süden."

„Wollen die 'was von uns, oder wollen wir 'was von denen?"

„Wenn wir Glück haben, können wir ihnen ein paar von unseren Maschinen verkaufen."

„Überhaupt: Die Kunden sind uns zuhause davongelaufen. Warum baggern wir nicht zuerst dort? Oder um es anders zu sagen: Jetzt, wo Stump dir nicht mehr böse sein kann, verrätst du mir etwas über diese geheimnisvolle Strategie, von der du gesprochen hast?"

„Du willst es also wissen. Na schön. Wir haben einen Tipp bekommen, dass einige Kunden hier unten mit dem, äh, Kram von ihren italienischen Lieferanten sehr unzufrieden sind. Und da unsere Konkurrenten zur Zeit alle nur den Osten im Kopf haben, sieht die Firma Mendl die Chance, hier ohne, äh, allzu großen Preiskampf an Aufträge zu kommen."

„Wow!", staunte ich mit maßlos übertriebener Faszination, „das nenn' ich gerissen! Und das war so geheim?"

Unsere Pasta wurde auf toilettendeckelgroßen Tellern serviert, und Hans stürzte sich auf seine Portion, als gebe es kein Morgen. Dabei schwitzte er wie ein Sumoringer im finnischen Dampfbad. Überhaupt schien ihm die Schlingerei nicht gut zu tun, denn er setzte immer wieder ab, um sich die Schwarte zu halten und nach Luft zu schnappen, während sein Gesicht begann, eine harmonische Farbkomposition mit meinen Spinatmakkaroni einzugehen. Zwischendurch schüttete er zur Verdünnung der zähen Masse immer wieder einen Schluck Barbera dazu, was mir und den wenigen anderen Gästen zu einem außergewöhnlichen Geräuscherlebnis verhalf. Zu unserem Vorteil wurde auf dem Bildschirm über der Bar gerade Bayer Leverkusen von Juve deklassiert, was die Aufmerksamkeit von uns lenkte. Ich deutete den Beobachtern am Nachbartisch mit einer abwinkenden Handbewegung an, dass der Chemieclub auch für deutsche Verhältnisse eine Mannschaft von Luschen sei.

„Eine Frage muss ich doch noch loswerden", setzte ich dann noch einmal an. „Wenn es Stump ist, der die Schuld an diesem Grande Fiasko trägt, warum führen wir jetzt noch einen Auftrag von ihm aus? Sollten wir nicht besser nach Hause fahren und die Instruktionen eines neuen, visionären Firmenlenkers entgegennehmen – wer immer das sein soll?" Während die Teigwaren tapfer gegen das Verschlucktwerden kämpften, schmatzte er ungehemmt: „Fürsch Abwarten ischt esch zu schpät", würgte einen Batzen hinunter und fuhr fort: „Jetzt kommt es darauf an, selbst etwas zu tun!"

„Ah ja", sagte ich so, als sei das die Antwort auf meine Frage gewesen.

„Die Zeit läuft ab", sprach er prophetisch, nachdem er die letzten Brocken heruntergeschluckt hatte. Welche meinte er?

Seine? Meine? Die des blauen Planeten? Allmählich wurde er mir unheimlich.

Der Gang zurück zum Royal war sehr mühsam und vor allem langsam. Hans musste immer wieder stehenbleiben und sich an Hauswände lehnen, um durchzuatmen. Ich hätte ihn wohl stützen sollen, doch mein Verdacht bezüglich seiner sexuellen Orientierung war noch nicht ganz ausgeräumt, also blieb ich auf Distanz. „Brauchst du einen Arzt?"

„Einen? Eine ganze Garde!", stöhnte er, und ich fasste das als passablen Scherz auf. Er schaffte es, sich unter den misstrauischen Augen des Nachtportiers ohne fremde Hilfe die Treppe hinaufzuwuchten, und ich ließ ihn an seiner Zimmertüre zurück. Kurz darauf fiel ich in meine bodenlose Matratze und einen schweren Schlaf.

Wir kamen natürlich zu spät. Trotzdem gab es noch freie Parkplätze im Autokino, wo ich, wie ich überrascht feststellte, zum ersten Mal in meinem Leben einen Abend verbringen würde. Es war Sommer, und die Sonne stand tief neben der überdimensionalen Leinwand, die sich aus meiner Perspektive fast über die gesamte Windschutzscheibe erstreckte. Die erste Viertelstunde, die uns fehlte, und der grelle Himmel machten es mir unmöglich, dem Verlauf des Films entspannt zu folgen. Ein geistig verwirrter Mörder, der mir irgendwie bekannt vorkam, flüchtete vor der Polizei. Mich fröstelte in meinem gesteppten Übergangsmantel, während in den Autos um uns herum schöne junge Menschen leicht bekleidet eine Wärme genossen, die mir offenbar vorenthalten blieb. Neben mir leckte Linda lasziv an ihrem knallroten Fruchteis, während ich missmutig in einer Tüte Kartoffelchips mit Knoblauchgeschmack herum nestelte. Linda erklärte ihrem rechten Nachbarn, der alleine im Wagen saß und ebenso wenig verstand wie ich oder wenigstens so tat, durchs geöffnete Fenster die Handlung des Streifens. Der Typ probierte bei ihr ein paar Anmachsprüche aus der Nachhilfeklasse der Flirt-Sonderschule aus, und zu meinem Entsetzen sprang sie sogar darauf an. Ich war entschlossen, dem Treiben ein Ende zu setzen, und betätigte den Fensterheber auf ihrer Seite. Mit triumphierendem Grinsen nahm ich das Surren des Elektromotors zur Kenntnis, aber offenbar waren die Kabel vertauscht worden. Das Fenster hinter mir öffnete sich, und ein unangenehm frostiger Wind zog herein. Ich drückte den Taster für hinten links, doch jetzt bewegte sich die Scheibe hinten rechts. Immer neue Versuche trieben mich zur Verzweiflung, denn alles bewegte sich zufällig. Linda bemerkte nichts davon und machte weiter Späßchen mit dem schmierigen Typen von nebenan, als es an meiner Scheibe klopfte. Da die Fensterheber außer Kontrolle waren, öffnete ich die Türe. Verdutzt stellte ich fest, dass der Hauptdarsteller aus dem Film vor mir stand, und jetzt erkannte ich auch, dass es Hans war: „Wir müssen los, Bruno. Sie kriegen uns bald, wenn wir uns nicht beeilen."

„Aber der Film ist noch nicht zu Ende."

„Wir sind der Film – verstehst du nicht? Los jetzt!"

„Aber ich kann Linda doch nicht alleine lassen!"

„Wieso nicht?", mischte sie sich ein und blickte mich eiskalt an, „Ich hab' sowieso schon Pläne für heute Abend."

Ihre Gefühllosigkeit ließ mich schaudern. Hans zog mich hinaus und weiter zur Leinwand. Unter dem Gejohle der Menge stiegen wir in seinen tiefer gelegten Opel und rasten mit dem Lärm und der Geschwindigkeit eines Kampfjets in den Sonnenuntergang. Schwarze Sattelschlepper dröhnten links und rechts an uns vorbei, und ich hielt mir als Schutz vor dem unvermeidlichen Aufprall die Hände vors Gesicht, während wir unkontrolliert über die schmierige Straße drifteten.

„Hast du etwa Angst?", lachte Hans höhnisch und schaute viel zu lange zu mir herüber. Ich nahm die Hände herunter, sah uns ungebremst durch die Leitplanke brechen, und fühlte die letzten Sekunden der Schwerelosigkeit.

7

Manchmal schrecke ich nachts auf, und es fallen mir all die Dinge ein, die zu erledigen ich scheinbar vergessen habe: den verschimmelten Harzer Roller aus dem Kühlschrank entfernen, GEZ-Formulare ausfüllen, Menschen, mit denen mich nichts verbindet, zum Geburtstag gratulieren. Wenn ich dann die Augen öffne und sehe, wie das Neonlicht aus dem Gang durch das Guckloch in mein Zimmer fällt, stelle ich erleichtert fest, dass mir diese irdischen Lasten nichts mehr anhaben können. Es mag paradox klingen, aber es ist ein befreiendes Gefühl, ein auf das Wesentliche reduziertes Leben führen zu können: Schlafen, Essen, Lesen, Nachdenken ... Okay, wenn man mich fragt - ich persönlich würde die Liste der essentiellen Tätigkeiten um Sex erweitern, wenn ich könnte, Meditation hin oder her. Aber ich will mich nicht beklagen.

Ich will aber auch nicht verschweigen, dass ich mich gelegentlich in meine Kindheit zurückversetzt fühle, in regnerische Nachmittage bei meinen Großeltern, gefangen in einer Zeitfalle und zum Nichtstun verdammt, zwischen Gelsenkirchener Barock und einer gnadenlos tickenden Wanduhr, voller Angst, meine Eltern könnten mich für immer hier vergessen haben. Es sind keine schönen Erinnerungen, und mich beschleicht die Furcht, dass die abgrundtiefe Langeweile, die ich in dieser Klarheit seither nie wieder empfunden habe, zurückkehren könnte.

Es ist müßig, über das „was wäre, wenn" zu spekulieren. Ich füge mich nicht in mein Schicksal, ich mache es zu meiner Errungenschaft. Oder, wie es Django, den ich in der Schreinerwerkstatt der JVA kennengelernt habe, ausdrückt: „Jeder Weg, den wo du genommen hast, ist der richtige." Ich könnte es nicht treffender formulieren.

8

Mein Reisewecker riss mich aus einem weiteren bizarren Film, in dem Linda und ein ekelhaft schönlicher, südländisch aussehender Hausfreund die Hauptrolle spielten. Ich streckte mich nach oben über den Rand der Matratze und fegte das Gerät vom Nachttisch. Hatte Linda bei meiner Frage nach dem Hausfreund wirklich nur meinen Scherz weitergesponnen? Manchmal wurde meine humorige Ader mir selbst zum Verhängnis. Unter der heißen Dusche versuchte ich, die verstörenden Bilder in den Abfluss zu spülen.

Kurz darauf saß ich unten im Frühstücksraum und kaute auf einem Panino stórico mit Industriemarmelade herum. Zwei Tische weiter saß der Pate vom Vorabend mit den Goldringen und der Narbe auf der Stirn. Er schrie wild gestikulierend in sein Handy, während seine Geschäftspartner wohl bereits im Außendienst unterwegs waren.

Hans kam die Treppe herunter, auf das Geländer gestützt und immer noch bleich, aber augenscheinlich halbwegs geschäftsfähig. Er bestellte sich das, was mir kurz zuvor unter dem Begriff Caffè serviert worden war. „Du siehst richtig fit aus", grinste er.

„Das Kompliment kann ich im Moment leider nicht zurückgeben. Sag mal, wie verständigen wir uns eigentlich nachher bei diesem Kunden, dessen Namen ich noch nicht kenne?"

„Ach so, bevor ich's vergesse: Ich habe vorhin einen Anruf bekommen. Der Kunde hat den Termin abgesagt."

„Wie, abgesagt? Mit welcher Begründung? Ist denen klar, welche Strapazen wir auf uns genommen haben?"

„Na ja, die Lage hat sich geändert, sie bewerten die Anbieter noch einmal neu, sie melden sich wieder und so weiter, bla bla", erzählte er gelangweilt mit einer abspulenden Handbewegung, während er wieder seine Tabletten hervorholte, „du weißt doch, die sind hier nie um eine Ausrede verlegen."

Es war nicht zu fassen. Hans' organisatorischer Dilettantismus war wirklich unübertroffen. Oder war diese Meldung doch Teil seiner ganz persönlichen Verschwörung gegen mich? „Wie hat er es dir gesagt?"

Hans schaute mich verständnislos an.

„Ich meine, hattest du deinen Sprachführer auf dem Schoß oder einen Babelfisch im Ohr? Wie habt ihr euch verständigt?"

„Ach so, nein, der Einkaufsleiter dort, ist, äh, aus Südtirol, der spricht perfekt deutsch."

„Wie hast du reagiert? Hast du ihm wenigstens gesagt, dass wir not amused sind? Auch als Masochist muss man sich nicht alles gefallen lassen!"

„Ich verstehe ja, dass du dich ärgerst. Aber du weißt doch, wie das ist, bist doch schon lange genug dabei: Der Kunde ist König, und solche Rückschläge muss man wegstecken." Dabei schaute er verlegen zur Seite, wo sich sein Blick mit dem des Paten kreuzte, was seinen Kopf blitzartig zurückschnellen ließ. Er glaubte tatsächlich, dass mich der verpasste Auftrag wurmte, dabei ging es mir nur um die vielen sinnlos verbratenen Stunden.

„Wusste er vielleicht schon von Stump?"

„Keine Ahnung."

„Und wie geht es jetzt weiter? Gibt es ein touristisches Programm für heute? Heizdeckenverkauf? Oder steht der Tag zur freien Verfügung?"

„Wir haben ja noch einen weiteren Termin, morgen um zehn. In Cuneo. Ich schlage vor, wir brechen bald auf. Auf dem Weg dorthin gibt es einige interessante Weingegenden."

„Das hört sich schon besser an."

Wenig später, Hans hatte die Rechnung bereits bezahlt, luden wir das Gepäck wieder in den Senator, und er parkte umständlich aus. Ich saß neben ihm und schaute ihn misstrauisch an. Er war in den letzten achtundvierzig Stunden massiv gealtert. Wenn sich das in diesem Tempo fortsetzte, musste ich mich in Kürze auf erste Pflegetätigkeiten einstellen. Mühsam bahnten wir uns einen Weg aus der Stadt hinaus in Richtung Canelli. Die weite Ebene ging in eine wellige Landschaft über, benetzt von einem staubfeinen Nieselregen. Über die verschlungenen, engen Landstraßen zogen wir in kürzester Zeit einen beachtlichen Autokorso hinter uns her. Im Außenspiegel zeigten sich abwechselnd drohende Fäuste, Lichthupen und mutige Rollerfahrer auf Tuchfühlung.

„Es war schon immer dein Traum, einmal das Safety Car im großen Rennen des Lebens zu fahren, stimmt's?"

„Lass mich in Ruhe!"

„Wenn du das durchziehst, werden uns früher oder später die Carabinieri 'raus winken", gab ich zu bedenken.

Er hatte ein Einsehen, rollte auf einen Feldweg und stellte den Motor ab. Ein Konvoi von vielleicht vierzig, fünfzig Fahrzeugen zog an uns vorbei. Hans schloss die Augen, und Sekunden später folgte sein Kinn dem Gesetz der Schwerkraft, scheinbar nur gehalten von einigen gelblich-weißen Speichelfäden zwischen Ober- und Unterkiefer. Aus dem offenen Rachen drang ein monotones Pfeifen, durchsetzt von gelegentlichen Knackgeräuschen, wie ich sie nur vom Öffnen vakuumverpackter Marmeladengläser kannte. Ich fragte mich ernsthaft, ob ich auch während der Fahrt mit solchen narkoleptischen Intermezzi rechnen musste.

Wir waren an diesem Tag ohnehin dazu verdammt, sinnlos Zeit

zu verprassen, aber da es sich um leidlich bezahlte Arbeitszeit handelte, konnte ich mit diesem Zustand gut leben. Das penetrante Nieseln hatte inzwischen aufgehört, doch der Tag blieb seiner trüben Grundhaltung treu. Ich öffnete die Beifahrertür, stellte den Sitz schräger und lehnte mich zurück. Wir verharrten einige Minuten in dieser ungewöhnlichen Siesta.

Das Geträller meines Handys riss uns aus der Lethargie. Hans röchelte, zuckte, schnappte ein paarmal nach Luft, öffnete die Augen und begann, sich lautstark über mein 'Scheißtelefon' aufzuregen. Als er sich halbwegs beruhigt hatte, nahm ich das Gespräch an.

„Zink hier. Guten Morgen, Herr Hirschfeld. Ihren Chef habe ich mal wieder nicht erreicht. Falls Sie es noch nicht wissen: Ich habe nach den ... Ereignissen der letzten Tage kommissarisch die Geschäftsleitung übernommen."

Dr. Zink also, der Produktionsleiter, hatte sich den Schuh angezogen. Der Mann war spröde wie Trockeneis und hatte sich noch nie beim Lachen erwischen lassen. Der staatstragende Tonfall seiner Bekanntmachung war wohl Ausdruck seiner neuen Bedeutung.

„Ja, was soll ich sagen?", meinte ich ehrlich ratlos. „Glückwunsch passt ja auch nicht so ganz, oder? Viel Erfolg jedenfalls."

„Deswegen rufe ich nicht an", belehrte er mich. „Ich weiß, dass Sie beide geschäftlich unterwegs sind im Auftrag der Firma, und ich weiß das zu schätzen."

Von unserem durchschlagenden Triumphzug schien er also noch nichts zu wissen. „Aber die Lage im Hause Mendl ist ernst", fuhr er theatralisch fort, „sehr ernst. Der oder die Täter sind noch nicht gefasst. Die Behörden, mit denen wir sehr eng zusammenarbeiten, verfolgen zurzeit mehrere Spuren."

Jetzt hörte er sich ein bisschen an wie eine Mischung aus Konrad Toenz und Peter Nidetzky, Hinweise bitte an eines der Aufnahmestudios.

„Kurzum: Ihre Zeugenaussage ist von größter Wichtigkeit. Die Polizei vermutet, dass Sie beide wertvolle Hinweise liefern könnten. Deswegen werden Sie spätestens morgen zurückerwartet."

„Herr Doktor Zink, wir wollen natürlich alles in unserer Macht Stehende tun, um bei der Aufklärung des Falls mitzuwirken. Gleichzeitig sind wir aber auch hier im Einsatz, dem Wohl des Unternehmens verpflichtet", schwadronierte ich mit einer Inbrunst, die mich selbst überraschte. Hans schaute mich an, als hätte ich mir gerade einen rosafarbenen Irokesenschnitt zugelegt.

„Ich habe Sie pflichtgemäß informiert. Sie sind also im Bilde."

„Jawoll. Auf Wiederhör'n", sprach ich im Kommisston.

„War das ein Segen, als es diese verfluchten Geräte noch nicht gab", schimpfte Hans. „Was wollte der denn?"

„Die Polizei will uns sehen."

Er schluckte. „Warum?"

„Sie wollen unsere Zeugenaussagen."

„Und? Hast du irgendwas gesehen oder gehört?"

„Nee, das sagte ich doch gestern schon."

„Na also. Wir ziehen unser Programm durch. Basta."

Hans überließ mir das Steuer und lotste mich über rätselhafte Wege immer weiter in Richtung Alba. Er ließ mich an Sträßchen ohne Wegweiser abbiegen, die in seiner Karte mit Sicherheit nicht zu finden waren, und das ging eine ganze Weile gut – bis wir auf das Gelände eines U-förmigen, teils verfallenen Hofguts rollten, wo unsere Piste endete. Kein Mensch war zu sehen. Eine riesige, schwarze Bestie von Hund näherte sich heiser bellend dem Auto, die, soweit ich sehen konnte, von keiner Kette zurückgehalten wurde.

„Ich werde mal nach dem Weg fragen", sagte Hans cool und fingerte nach dem Türgriff.

„Äh, bist du sicher? Na ja, vielleicht will er nur spielen, bevor er sich näher mit deinen Waden befasst."

„Ach", winkte er ab, stieg aus und schlug dankenswerterweise die Tür hinter sich zu. Das Tier knurrte und fletschte die Zähne, dass es eine Pracht war. Es machte ganz den Eindruck, als würde es einen Yorkshire-Terrier auch gerne mal ohne Kauen herunterschlucken. Ich überlegte krampfhaft, wo sich in dem Senator wohl der Erste-Hilfe-Kasten befand, fragte mich aber gleichzeitig, was ich wohl mit einem lächerlichen Wundverband und einem Dreieckstuch würde ausrichten können. Außerdem musste erst jemand den Hund erschießen, sonst war ans Aussteigen sowieso nicht zu denken.

Zu meiner Verblüffung ging Hans langsam, aber völlig unbeeindruckt auf die Eingangstür des Wohngebäudes zu. Er war entweder lebensmüde oder Dr. Dolittle. Die Bestie zeigte weiter ihr Luxusgebiss und geiferte feindselig, wich aber Schritt um Schritt zurück, je weiter Hans sich näherte. Die Tür öffnete sich, und eine alte Frau trat heraus. Mit einem scharfen Kommando schickte sie den Hund in seine Ecke zurück. Hans fragte etwas und zeigte wahllos in der Gegend herum, und sie antwortete mit ähnlichen Bewegungen. Zufrieden kehrte er in den Wagen zurück: „Wir sind zu früh abgebogen."

„Du bist zu früh ausgestiegen! Bist du bekloppt? Das Tier hätte dich um ein Haar frikassiert!"

„Blödsinn! Die Zeiten, als ich auf solche Showeinlagen hereingefallen bin, sind vorbei."

Ich beeilte mich zu wenden, und wir kehrten auf die Straße

zurück, während mein Puls allmählich auf Normalmaß zurückging. Wir erreichten die Region der Langhe. In La Morra, einem kleinen Weinbaustädtchen, genehmigten wir uns ein ausgedehntes Mittagessen und bezogen anschließend unsere Unterkunft. Im Gegensatz zum Royal ging es hier sehr gediegen zu. Ich beschloss, mich durch die ambitionierte Preisklasse nicht beunruhigen zu lassen – Hans' Kriegskasse war, so hoffte ich, prall gefüllt.

Von der Terrasse unserer Residenz bot sich ein atemberaubender Blick über die piemontesischen Weinberge bis hin zu den Alpen – wenn man den Fotos auf dem Hausprospekt Glauben schenken mochte. Heute endete die Aussicht nach wenigen Rebenreihen im alles verschluckenden Dunst.

Ich nahm mein Zimmer, das eher einer Suite glich, in Beschlag und genoss die Aura von dezentem Luxus in einem ausufernden Ohrensessel. War diese Unterbringung dem Zustand unseres Brötchengebers und vor allem dem geschäftlichen Wert unserer Mission angemessen? Ich stellte mir diese Frage und sortierte sie sogleich in die Kategorie 'nicht zulässig' ein. „Die Zeit läuft ab", hatte Hans am Vorabend prophezeit, und damit konnte er nur den Wimpernschlag der Erdgeschichte gemeint haben, währenddessen die Firma Meindl entstanden war und nun wieder verging. War das mein Problem? Sicher nicht. Der Absprung rückte näher, und ich konnte ihn kaum erwarten. Zwei chancenreiche Bewerbungen liefen gerade, und ich nahm mir vor, gleich nach meiner Rückkehr Kontakt zu weiteren Firmen aufzunehmen, die nicht mehr ohne mich auskommen wollten, darüber aber noch in Kenntnis gesetzt werden mussten. Nun kam es darauf an, den Marktwert des Produkts Bruno Hirschfeld gezielt zu steigern.

Großen Leistungen gehen besondere schöpferische Pausen voraus, vorzugsweise an Orten mit außergewöhnlichem Ambiente. Ich war zur richtigen Zeit an der richtigen Stelle und beschloss, mich großartig zu fühlen.

Die Probierlaune steigerte sich schnell in dieser weinschweren Umgebung; Hans ging es da genauso wie mir. Er hatte – wie auch immer in Abwesenheit jeglicher Italienischkenntnisse – schon ausfindig gemacht, dass in der Cantina Comunale ausgiebige Weinproben angeboten wurden. Es dauerte also nicht lange, bis wir uns auf den anstrengenden Weg hinauf ins Ortszentrum machten. Er hatte nicht zu viel versprochen: In den reich gefüllten Regalen der Cantina stapelte sich der Barolo aus sämtlichen Lagen bis zur Decke; hundert Euro schwere Flaschen waren keine Seltenheit.

An diesem frühen Abend hatte der Wirt, vermutlich ein Freiwilliger unter den örtlichen Winzern, sich etwas Besonderes einfallen lassen. Auf den Stehtischen standen neben den Gläsern für die Verkostung Teller mit frischem Brot, Salami, Käse sowie weiteren deftigen Leckereien aus der Gegend. Mit Hilfe einer solchen Grundlage schien es möglich, respektable Breschen in die üppigen Flaschenvorräte zu schlagen. Die Cantina war um diese Uhrzeit nur schwach besucht: ein Einheimischer, der mit der Lokalität und dem Wirt so gut vertraut war, dass er sich schamlos selbst bediente, sowie ein verirrtes Touristenpaar älteren Baujahrs aus der Schweiz, das sich noch nicht an die unberührten Auslagen wagte.

Ein stattlicher Obolus war zu entrichten, doch Hans und ich waren bereits willenlos, in einer Art auf unser Ziel fixiert, die einen Unbeteiligten an chronisch Suchtkranke erinnern musste.

Also bezahlten wir ohne den geringsten Versuch, Mengenrabatt herauszuhandeln. Man schnallte uns ein lustiges Papierbändchen ums Handgelenk, das signalisierte, dass wir für diesen Abend die Flatrate gebucht hatten. Zu unserer Enttäuschung durften wir nicht beliebig aus dem Sortiment auswählen. Der Patrone zog in scheinbar beliebiger Abfolge etwa ein Dutzend Flaschen aus dem Regal, stellte sie sauber mit dem Etikett nach vorne ausgerichtet auf der Theke in eine Reihe und entkorkte sie nacheinander mit schlafwandlerischer Routine. Wir verschwendeten nicht viel Zeit mit Konversation oder sonstigem Vorgeplänkel, denn vor der Türe sammelten sich bereits weitere Konkurrenten. Wir schnappten uns je zwei Gläser, und nach kurzem Etikettenstudium wählten wir ohne viele Worte die ersten Testkandidaten aus.

Nach einigem Schwenken und einer Sicht- und Geruchsprobe, die auf den Profi hinter der Theke eher amateurhaft wirken musste, genehmigten wir uns den ersten Schluck von einem reichlich derben Dolcetto. Der Wirt rückte erwartungsvoll den Spuckeimer in unsere Nähe, doch wir entschieden uns spontan für die urologische Entsorgung. Zusammen mit der festen Nahrung wurden die staubtrockenen Tropfen umgänglicher. Die Cantina füllte sich allmählich, was uns die Möglichkeit gab, den Durchsatz unauffällig zu erhöhen. Wir fachsimpelten mit unserem Halbwissen über Tannine, Geschmacksnoten und das Verhalten im Abgang, und ich wunderte mich nicht einmal darüber, dass Hans und ich tatsächlich ein gemeinsames Interessengebiet entdeckt hatten.

Wir schluckten, während die meisten anderen Gäste spuckten, und spätestens ab dem achten Glas waren wir außer Stande, diese in aller Welt verehrten Kostbarkeiten von rumänischen

Verschnitten aus dem TetraPak zu unterscheiden. Leider verflog bei Hans damit auch jegliches Gespür für angemessene Lautstärke, als er begann, über Stump herzuziehen: „Komm, wir stoßen darauf an, dass Stump endlich verreckt ist, die alte Sau!"

Der rustikale Trinkspruch ließ das dezente Gemurmel im Raum kurz verstummen, doch zum Glück konnten die meisten nicht ahnen, worum es ging – bis auf die Schweizer, die betreten, jedoch mit leichtem Kopfschütteln, aus dem Fenster blickten. Immerhin pflegten wir das Stereotyp des Deutschen, der nicht zu Besuch kommt, sondern einmarschiert, und mit anderen Alkoholika als Bier nicht umgehen kann. Ich versuchte, ihn einzubremsen: „Jetzt mach mal halblang, er hat dir doch nichts getan!"

„WAS?", setzte er noch einige Dezibel obendrauf, „er hat massenweise Geld beiseite geschafft, zwei oder drei Mion', schätze ich. Der hat die Firma ruiniert und meine Essistenz! Hoffentlich hat er richtig gelitten beim Verrecken!"

Das Entsetzen im Lokal wäre kaum größer gewesen, hätten wir unseren Barolo zur sauren Schorle aufgegossen. Ich schaute mich um, zuckte entschuldigend mit den Schultern und zischte ihm ins Ohr: „Du machst dich verdächtig, wenn du nicht bald aufhörst, ist dir das klar?"

„Verdächtig? Das is' mir scheißegal! Hauptsache, die Arschgeige hat dafür bezahlt!", schrie er wieder. Wenn wir keinen offiziellen Rausschmiss riskieren wollten, mussten wir langsam selbst den Rückzug antreten. Ich zerrte ihn in Richtung Tür, wobei uns die Besucher mit einer Mischung aus Ekel und Furcht in den Gesichtern eine breite Gasse bildeten.

„Was glotzt ihr so blöd?", blieb Hans stehen und wartete allen Ernstes auf eine Antwort. Ich zog ihn weiter, und man beeilte sich, hinter uns die Türe zu schließen.

Draußen angekommen, japste er nach Luft und hielt sich mal wieder den Bauch. In Serpentinen wankte er über den Dorfplatz in eine der Gassen hinein, hin und wieder ein heiseres „Verreck!" gegen die Häuserfronten grölend. Zu seinem schlechten Allgemeinzustand kam nun auch noch das Neuronenballett in seinem benebelten Kleinhirn, und ehe ich mich versah, legte er sich abrupt aufs Kopfsteinpflaster. Die Brille fiel ihm vom Kopf und landete auf der Bordsteinkante, blieb aber unversehrt. Diese Nachkriegsmodelle hatten zwar nicht den letzten Chic, waren aber ungemein robust. Hans jammerte und ächzte, aber es waren keine Verletzungen zu erkennen. Die fehlende Körperspannung bei diesem Alkoholpegel hatte ihn vor Schlimmerem bewahrt. Es blieb mir nichts anderes übrig, als den schweren Körper wie einen nassen Sandsack hochzuziehen und mein eigenes Gewicht als Stütze einzusetzen. Zentimeterweise steuerte ich ihn in Richtung unseres Hotels, während er gelegentlich vor Schmerzen aufstöhnte. Ausgerechnet in dieser heiklen Phase meldete sich mein Handy. Ich schaffte es, Hans mit einer Hand in der Vertikalen zu halten und mit der anderen in meine Manteltasche zu greifen. Während er schon wieder das Gerät verfluchte und tollpatschig versuchte, es mir aus der Hand zu schlagen, nahm ich das Gespräch an. Linda war dran. Es kam selten vor, dass sie mich aus dem Krankenhaus anrief, und es war wohl ein Zeichen dafür, dass sie nicht einfach plaudern wollte.

„Wo bist du denn?"

„Das weißt du doch! Wir sind im Piemont und lassen es uns gut gehen", antwortete ich, promillebedingt etwas zu fröhlich. Zu allem Übel brüllte Hans in diesem Moment wieder: „Verreck!"

„Ich weiß nicht, was mit dir los ist. Hier ist die Hölle los, und ihr geht auf Sauftour."

„Das ist alles rein geschäftlich!"

„Natürlich. Die Kripo war vorhin hier und hat nach dir gefragt. Nach dir! Sie wollen dich dringend sprechen."

„Warum?"

„Warum wohl? Du sollst eine Zeugenaussage machen."

„Ach so ... Weiß ich schon. Wir kommen ja bald zurück. Wie geht's deinem Hausfreund?"

„Du weißt wirklich nie, wann die richtige Zeit für Späße ist!" Inzwischen griff Hans nach meinem Arm, und ich musste das unerfreuliche Gespräch ohne Verabschiedung beenden. Jetzt versuchte er, mich in die entgegengesetzte Richtung zu ziehen, mit dem gelallten Hinweis, er habe Durst und wolle zurück in die Cantina. Nach gutem Zureden und endlosen Metern trafen wir im Hotel ein. Ich schloss sein Zimmer auf, schubste ihn aufs Bett, während er sich selbst bemitleidete, und zog mich zurück. In diesem Zustand war er wirklich besonders abstoßend, und meine Nächstenliebe ging nicht so weit, dass ich ihm beim Ausziehen und Zudecken helfen wollte.

Für einen Moment spielte ich mit dem Gedanken, Linda noch einmal im Krankenhaus anzurufen, um mich bei ihr zu entschuldigen. Doch ich war nüchtern genug, um zu erkennen, dass ich zu betrunken war, um etwas Vernünftiges zu sagen, und verschob das Vorhaben auf den nächsten Tag.

Es war gerade einmal kurz nach neun, doch Dolcetto und Barolo, in diesen Mengen konsumiert, erwiesen sich als wirksames Narkotikum. Ich zog mich mit akrobatischen Verrenkungen aus, schleuderte meine Sachen über den Ohrensessel und mich selbst aufs Bett. Ich hatte keine Ahnung, wann unser Termin für den nächsten Morgen angesetzt war. Ich hatte keine Ahnung, wie lange wir nach Cuneo unterwegs sein würden. Ich hatte keine Ahnung, was die Kripo von mir wollte. Und es war mir völlig gleichgültig.

9

Der Brief trägt den Eingangsstempel der Anstalt, aber keinen Absender, doch die Handschrift auf dem Umschlag mit meiner derzeitigen Adresse lässt keinen Zweifel, wer ihn verfasst hat.

Lieber Bruno,

es macht uns traurig und betroffen, zu erfahren, was mit Dir geschehen ist. Unsere Gedanken sind bei Dir in diesen schweren Stunden. Wir stehen vor einem Rätsel, wie es dazu kommen konnte, und wir fragen uns natürlich auch, was wir selbst falsch gemacht haben, vielleicht schon vor vielen Jahren. Sei jedenfalls versichert, dass wir stets versucht haben, Dich zu einem ehrlichen und bescheidenen Menschen zu erziehen. Gleichwohl sind wir nie müde geworden, Dich daran zu erinnern, dass Du mit all Deinen Nöten und Sorgen, ob seelischer oder finanzieller Natur, jederzeit ein offenes Ohr bei uns finden würdest – gerade auch nach Deinem Auszug von zuhause. Umso verstörender ist es nun festzustellen, dass Du offenbar keinen anderen Ausweg gesehen hast. Die Verlockungen und Abgründe der modernen Welt waren wohl zu übermächtig.

Doch es steht uns nicht zu, über Dich zu urteilen. Wir vertrauen in die Organe der Rechtspflege und darin, dass sie Dir einen fairen Prozess garantieren. Wenn sie ihre Arbeit sorgfältig machen, werden sie feststellen, dass Du bei allem, was Du getan hast, letztlich nur das Opfer Deiner schwierigen Lebenssituation warst. Natürlich hoffen wir, dass es Dir den Umständen entsprechend gut geht und dass man Dich anständig behandelt. Unser Mitgefühl gilt vor allem auch Linda, die jetzt in ihrem vertrauten sozialen Umfeld eine schwierige Zeit durchmacht. Auch ihr fällt es nicht leicht, das Geschehene zu erklären.

Wir beten für Euch beide und geben die Hoffnung für Dich nicht auf.

Deine Eltern
Gerlinde und Bernd

Völlig unpassend zu dem geballten Schmonz ist der Text in Arial zwölf Punkt auf Briefpapier der Stadtwerke München ausgedruckt, dem Arbeitgeber meines Vaters, der ihn ungestört einem Ruhestand entgegen segeln lässt, von dem man glauben könnte, er habe bereits begonnen. Ich unterdrücke das Bedürfnis, mich angesichts dieser Pilchereksen Wortgeschwülste spontan zu übergeben. Es sieht meinem Vater ähnlich, Gelesenes und Gehörtes nicht zu hinterfragen, sondern stattdessen die Abwesenheit von gesundem Menschenverstand mit Amateurpoesie zu überspielen. Ich kann mir die beiden vorstellen, wie sie ratlos zu Hause am Esstisch sitzen, meine Mutter mit rotgeweinten Augen, den Kopf schüttelnd und gebetsmühlenartig vor sich hin murmelnd: „Er war doch so ein guter Junge!", mein Vater zwischen Ratlosigkeit und Zorn: „Mein Sohn ein Krimineller – er weiß gar nicht, was er uns antut!"

Er blättert durch die Zeitung, ohne sie zu lesen, während Sie schniefend Früchtetee aufsetzt.

10

Eine höllische Vision schleuderte mich aus einem komatösen, schweren Schlaf. Mit einem Ruck saß ich aufrecht im Bett, und mein T-Shirt klebte an mir, als hätte ich in Barolo gebadet. Ein fieser Schmerz hämmerte in meinem Schädel, der sich groß und schwer anfühlte wie eine Bowlingkugel. Seine Explosion schien eine bloße Frage der Zeit zu sein. Alles war tiefschwarz, und nur die gedämpften, aber unverkennbar italienischen Geräusche einer Quizsendung, die aus dem Zimmer nebenan zu hören waren, verrieten mir, wo ich mich befand.

Ich war überzeugt, einen hässlichen Traum gehabt zu haben, diesmal mit noch übleren Figuren als irgendwelchen Hausfreunden, und versuchte, mich an den Inhalt zu erinnern. Doch der böse Gedanke kehrte zurück. Ich knetete und zerlegte ihn, um ihn unschädlich zu machen, aber er war erschreckend real und ließ sich nicht mehr abschütteln.

Was, wenn es Hans war, der Stump die Luft abgedreht hatte? Es passte alles so erschreckend gut zusammen: die Überschuldung mit der Wohnbaracke in Moosach, sein spätes Eintreffen am Abend, als ich dort eingeladen war, unsere Abreise mitten in der Nacht, der abgesagte Termin in Alessandria, diese planlose Irrfahrt ... Und spätestens seit seinem denkwürdigen Auftritt in der Cantina Comunale wusste ich, dass er Stump die Schuld für das Ende der Firma und damit seiner vermurksten Karriere gab, und, dass er ihn dafür abgrundtief hasste. Aber was hatte er vor? Wo war das Geld, das angeblich gestohlen worden war? Und welche Rolle spielte ich dabei? War dieser Trip wirklich jemals als Geschäftsreise geplant gewesen? Sollte ich tatsächlich mit einem reisenden Killer unterwegs sein, und wenn ja, war ich dann Geisel oder Komplize? Konnte man überhaupt eines von beidem sein, ohne es zu wissen? Dieser Gedanke war in der Dunkelheit umso verstörender, also knipste ich die Nachttischlampe an. Nichts wurde dadurch besser. Meine Schläfen pochten im Techno-Beat, und es fiel mir schwer, mich wieder einzukriegen. Was konnte mir jetzt helfen? Ich dachte an die zahllosen Serienkrimis im Fernsehen, die ich konsumiert hatte, aber das war billige Fiktion. Dies hier war ein reales Verbrechen, und ich war womöglich, ohne es zu ahnen, ein Teil davon. Ich hatte ein Ticket für das Kinderkarussell gelöst und war aus Versehen in die Geisterbahn eingestiegen.

Was konnte ich tun? Die Polizei rufen? Ihr ein Verbrechen melden, das schon auf deutsch schwer zu erklären war? Ein Taxi nehmen, wenn das jetzt, mitten in der Nacht, überhaupt möglich war, nach Alba fahren und mit dem ersten Zug in Richtung München? Dem Restalkohol im Blut zum Trotz erkannte ich, dass die Panik, die jetzt regierte, ein schlechter Berater war. Ich schaltete den Fernseher ein und drehte den Ton leise, da ich sowieso nichts verstand. Das grelle Geflimmer war meine Verbindung in eine zwar nicht normale, aber harmlose Welt und half mir, mich zu beruhigen. Vielleicht wurde mir aber gerade diese Fernsehwelt zum Verhängnis, denn womöglich brannte meine Phantasie mit mir durch, angeheizt durch abwegige Stories, die schizophrene Drehbuchautoren konstruiert hatten. Vielleicht war ich einfach paranoid im klinischen Sinn. Erst hatte ich Hans für einen perversen Schwulen gehalten, jetzt schrieb ich ihm einen Raubmord zu. Möglicherweise war es an der Zeit, nach meiner Rückkehr professionelle Hilfe in Anspruch zu nehmen.

Also gut, noch einmal der Reihe nach. Hans stand zurzeit nicht gerade auf der Sonnenseite des Lebens. Die Bank saß ihm wegen der Hypothek im Nacken. Nachdem Stump die Firma hatte ausbluten lassen, musste er damit rechnen, demnächst einen Job zu verlieren, der ihn ohnehin überforderte. Und in seinem Alter, mit diesem Auftreten, konnte er mit viel Glück noch ein Ehrenamt bei den Anonymen Alkoholikern übernehmen, aber keine reell bezahlte Arbeit. Wenn bei Stump tatsächlich zwei Millionen zu holen gewesen waren, wie Hans behauptet hatte, bot sich die Chance, nicht nur seine Rachegelüste zu befriedigen, sondern nebenbei mit einem Schlag den maroden Familienetat zu sanieren. Das waren alles schlagende Argumente, die für meine Theorie sprachen.

Auch wenn mich beeindruckte, wie kaltblütig er am Tag zuvor dieses Monster von einem Hund in Schach gehalten hatte – er besaß nicht einmal einen Killerinstinkt, wenn es um das Lösen von Kreuzworträtseln ging. Wenn er tatsächlich jemanden umbringen konnte, dann höchstens durch tödliches Langweilen. Wie sollte dieser Biedermann schon rein physisch die Energie aufbringen, um einen Zwei-Zentner-Brocken voll krimineller Energie, wie Stump es war, einfach so zu erdrosseln? Und schließlich hatte er immer noch etwas zu verlieren: Er hatte eine verzweifelte, aber niedliche Familie – eine echt scharfe Frau und zwei Kinder, die wohlwollende Verwandte sicher als 'süß' bezeichneten.

Außerdem: Die Liste von Stumps Feinden füllte wohl das Telefonbuch einer Kleinstadt: dubiose Unterhändler aus Osteuropa, Lieferanten, die allzu lange auf ihr Geld warteten, Geschäftspartner, die er nach allen Regeln der Kunst beschissen hatte ... Vielleicht hatten nicht alle von ihnen beruflich mit

Liquidationen zu tun, aber in seinem Fall waren wohl die wenigsten wirklich abgeneigt.

Cool bleiben, Bälle flach halten war also die Devise. Ab sofort würde ich noch vorsichtiger, noch misstrauischer sein und die Reißleine ziehen, sobald etwas geschah, das meinen Verdacht bestätigte. Ich schloss die Tür zweimal ab und schob die Kommode mit Schwung davor. Das markerschütternde Dröhnen um diese Uhrzeit bescherte mir die Segenswünsche meiner Zimmernachbarn; aber immerhin konnte ich mir sicher sein, dass Hans in seinem Zustand davon nichts mitbekam. Dann schaltete ich Fernseher und Licht aus, legte mich ins Bett und gab mich wieder dem Kopfschmerz hin. Ich war nicht mehr besoffen genug und immer noch viel zu unruhig, um gleich wieder einzuschlafen, also drehte ich mich ein bisschen hin und her. Endlose Stunden und zwei dutzend Rotationen später döste ich schließlich ein.

11

Es war überraschend hell im Zimmer an diesem Morgen. Das lag zum einen an der fortgeschrittenen Uhrzeit, aber auch daran, dass sich die Sonne nach tagelanger Arbeitsverweigerung endlich entschieden hatte, sich durch den penetranten Nebel zu kämpfen. Ich zog die Vorhänge zur Seite und blickte auf kitschig bunte, grell beleuchtete Blätter an den Weinreben, die vor dem Haus im sich langsam auflösenden Dunst standen. Darüber breitete sich ein intensives Blau aus, das man dieser grauen Welt kaum noch zugetraut hatte. Mein persönlicher kleiner Horrorfilm aus der vergangenen Nacht erschien nun umso abwegiger. Wie sehr einen doch so ein Rausch im Dunkeln aus dem Gleichgewicht bringen konnte!

Als ich frisch geduscht, eingekleidet und psychisch stabilisiert aus dem Badezimmer kam, klopfte es. Da ich den Zimmerservice nicht bestellt hatte, musste es wohl Hans sein. Ich ging in Richtung der Türe, die, wie ich erkennen musste, sehr effektiv durch die Kommode blockiert wurde. Diskret ließ sich das gute Stück nicht aus dem Weg räumen.

„Moment, ich brauch' noch ein bisschen", rief ich in der Hoffnung, Hans würde sich erst einmal trollen und später zurückkehren.

„Kein Problem, ich warte", antwortete er und ging mir mit seinen ersten Worten an diesem Tag schon wieder auf die Nerven. Es blieb mir nichts anderes übrig, als das Ding mit Schmackes in seine alte Position zu schieben, was Boden und Wände erzittern ließ. Mit einem scheinheiligen Grinsen öffnete ich. Hans runzelte die Stirn bis zum Genick und sah mich misstrauisch an: „Was machst du denn hier?"

„Feng Shui", flötete ich, „der Drache soll zum Fenster hereinkommen."

„Du hast sie nicht mehr alle", schüttelte er den Kopf. Zum Glück kam er nicht auf die abwegige Idee, dass ich seinetwegen die Tür verbarrikadiert hatte. „Gehen wir frühstücken?"

„Danke, mir ist noch schlecht. Aber ein Kaffee, der den Namen verdient, wäre nicht übel."

Wir setzten uns an die Bar des Restaurants und bestellten uns zweimal Caffè doppio speziale, das Stärkste, was hier im Angebot war. Hans genehmigte sich dazu einen staubtrockenen, untertassengroßen Keks, der beim ersten Biss in ein Dutzend Fragmente zerfiel. Er starrte geistesabwesend auf die Spirituosen in den Regalen hinter der Bar. Das gab mir die Gelegenheit, ihn ungestört in seiner natürlichen Umgebung zu beobachten. Der vergangene Abend hatte seine Spuren hinterlassen. Sein Gesicht war zerfurcht wie piemontesischer Ackerboden, und die dunklen Ringe um seine Augen trafen sich beinahe in der Mitte. Überhaupt legte er von Tag zu Tag weniger Wert auf sein Erscheinungsbild. Das Hemd kannte ich noch vom Vortag; die Olivenölflecken über dem Bauchansatz waren inzwischen eine aufregende Liaison mit den gelben Karos eingegangen. Ein penetranter, hochdosierter Herrenduft, eine Art Tosca for Men, sollte anscheinend Schlimmeres übertönen. Zu allem Übel steckte er nun in Anwesenheit des Barkeepers auch noch den kleinen Finger in die Nase, um nach dem zu forschen, was ihm die Natur über Nacht geschenkt hatte. Ich überwand den Ekel und fixierte meinen Blick: War dies das Popeln eines Mörders? Ich konnte mich an keine vergleichbare Szene in einem der zahllosen TV-Krimis erinnern, die ich konsumiert hatte, also blieb die Antwort offen.

„Wann fahren wir los?"

Ohne übertriebene Hektik brach er seine große Inspektion ab und antwortete: „Jetzt!"

„Wann müssen wir in Cuneo sein?"

„Ach, kommt schon hin", sagte er, während er einen flüchtigen Blick auf seine Uhr warf, und erhob sich schwerfällig von seinem Barhocker.

Wir holten unser Gepäck, und wie schon am Vortag hievte es Hans in den Kofferraum: meine Reisetasche, seinen Hartschalenkoffer – und den Aluminiumkoffer. Ich stutzte: Hatte ich das Teil nicht schon irgendwo gesehen?

„Is' was?", fragte er flapsig, während er den Heckdeckel zudrückte.

„Nee, ich hab' nur kurz, vergiss es", antwortete ich wenig souverän. Während wir losrollten, dachte ich fieberhaft nach. Ich hatte das Ding in einem anderen Kontext gesehen, nicht bei Hans. Und es war noch nicht lange her. Bei all den Kurven und Hans' eckigem Fahrstil war es schwer, sich mit geschlossenen Augen zu konzentrieren. Plötzlich hatte ich's: Ich hatte den Alukoffer am Dienstagmorgen gesehen – geöffnet auf dem Schreibtisch in Stumps Büro, während er zur Hälfte in seinem Tresor steckte! Warum zum Teufel hatte Hans diesen Koffer dabei? Wenn meine Vermutung zutraf, dann musste das Geld in dem Koffer sein, das in der Firma gestohlen worden war. Wohin wollte er damit? Und war er wirklich so bescheuert, mit dem Corpus delicti im Kofferraum durch Europa zu gondeln? Verstohlen blickte ich aus dem Augenwinkel auf seine Hände. Waren das die Werkzeuge, mit denen er Stump zur Strecke gebracht hatte? Sie waren eher dick und unförmig als kräftig, die Fingerglieder geformt wie Miniaturweißwürste. Aber strangulieren konnte man sicher auch ohne gewaltigen Kraftaufwand, wenn man sein Opfer überraschen konnte und einen Qualitätsdraht dabei hatte ...

„Du könntest mal nach dem Weg schauen – wirkst irgendwie so abwesend heute!", riss er mich aus meinen beängstigenden Gedanken und bewarf mich mit der Straßenkarte.

„Mir brummt der Schädel, und ich hab' schon besser geschlafen als letzte Nacht."

„Hähä, das letzte Glas Wein war wohl schlecht, was?", wieherte er. „Die jungen Leute sind einfach nicht mehr belastbar heutzutage!"

„Für dich war das wohl Routine gestern, was?"

„Nein, aber ich könnte mich daran gewöhnen, hähähä."

Okay, er war einfach primitiv. Aber vielleicht machte ihn gerade das so unberechenbar. Ein Gelegenheitsverbrecher, zu allem entschlossen und dabei unbelastet von Logik und Intelligenz. Halt, halt! Mein Verfolgungswahn galoppierte schon wieder. Wie viele solcher Metallkoffermodelle gab es eigentlich? Allein bei den Einzelhändlern in der Goethestraße, die außer Reisegepäck auch Digitalkameras, LED-beleuchtete Madonnenstatuen, gefälschte Pässe und Handfeuerwaffen verkauften, stapelten sich mit Sicherheit hunderte von Varianten: glatt, längs oder quer geprägt, geriffelt, mit und ohne Zahlenschloss, in unzähligen Abstufungen von S bis XL. Schön, ich hatte bei Stump einen Koffer gesehen, der so ähnlich aussah – für eine halbe Sekunde, im Vorbeigehen. Und das mit einem Gedächtnis, dessen fotografische Fähigkeiten sich weitgehend auf Luxuskarossen und weibliche Rundungen beschränkten. Nein, der Gedanke war einfach zu absurd. Ich faltete die Karte auf und erkundete die Strecke.

Das Schild mit der Aufschrift 'Cuneo', das wir passierten, wies uns ausnahmsweise eindeutig die Richtung, doch Hans fuhr, statt abzubiegen, lässig geradeaus.

„Bei der nächsten Gelegenheit bitte wenden", sprach ich ihn mit der unverbindlichen Freundlichkeit eines Navigationssystems an, „wir haben gerade die Abfahrt verpasst."

„So, so", sagte er, ohne näheres Interesse zu signalisieren.

„Haben wir nicht einen Termin in Cuneo?"

„Ja, ist aber jetzt egal", antwortete er scheinheilig, „fahren wir einfach weiter in Richtung Küste."

„Du bist gerade in der Stimmung für ein Späßchen, nicht wahr?", wurde ich langsam ungehalten. „Ich bin's überhaupt nicht."

„Du bist doch sonst immer der Spaßvogel, egal, auf wessen Kosten! Jetzt bin ich mal dran."

„Du willst mir nicht erzählen, dass wir am Montag bei Zink antreten und sagen: Ja, wir hatten eine gute Reise. Wir haben uns zwar vom ersten Kunden abwimmeln lassen und den zweiten selber sausen lassen, weil uns gerade nicht danach war. Aber der Wein war ausgezeichnet. Und die Riviera um diese Jahreszeit – ein Traum! Sag mir Bescheid, wenn du am Montag bei ihm antreten musst. Ich würde gerne dabei sein – auf der anderen Seite der Tür!"

Ich redete mich in Rage, obwohl Hans gerade den letzten Beweis für seine Unberechenbarkeit geliefert hatte und damit für mich der Hauptverdächtige in spe in der Mordsache Stump war. Plötzlich fädelte er sich aus dem dichten Kolonnenverkehr auf der Strada Statale aus und steuerte den verlassenen Parkplatz eines Natursteingroßhändlers neben der Straße an. Hier also sollte der Ort für den großen Showdown sein. War er darauf vorbereitet? War *ich* darauf vorbereitet? Auf welche Art der Vollstreckung war ich gebucht? Ich produzierte eimerweise Adrenalin und hatte diesen seltsamen metallischen Geschmack im Mund, der mir signalisierte, dass ich mich in höchster Gefahr befand. Meine Hand ging langsam zum Türgriff. Wie warf man sich elegant, ohne sich die Schulter auszukugeln, aus einem fahrenden Auto? Wie würde ich reagieren, wenn er mir mit einem funkelnden Messer an meiner Halsschlagader entlang schabte? Erstarren? Kämpfen? Fliehen? Im direkten Laufduell hatte ich bestimmt gute Karten – vorausgesetzt, er hatte gerade nichts Waffenscheinpflichtiges zur Hand. Aber wer wusste das schon? Wieder ließen mich die während unzähliger Tatorte konsumierten Schlüsselszenen im Stich. Wenn es darauf ankam, bildete Fernsehen eben doch nicht. Der Wagen rollte aus und blieb diagonal auf vier Parkfeldern gleichzeitig stehen. Sogar Muskeln, von deren Existenz ich bis dahin nichts gewusst hatte, verkrampften sich, und ich fürchtete, das Donnern eines plötzlich entweichenden Furzes könnte ihn zu einer Schreckreaktion veranlassen. Hans griff langsam zum Zündschloss und stellte den Motor ab. Es war so weit. Abrechnung, die Stunde null.

„Jetzt hör mir mal zu", setzte er an. Das war schon mal gut. Zuhören konnte ich nur, wenn ich nicht tot war. „Ich weiß, dass du dich für unglaublich clever hältst. Du meinst, dass du immer ein bisschen besser als alle anderen weißt, was zu tun ist. Und vor allem meinst du, du müsstest die Welt mit deinen Kommentaren zu jedem, aber wirklich jedem Thema beglücken. Aber deine Meinung ist mir scheißegal", schnaufte er und machte eine Pause – um seine Atemnot zu überwinden oder vielleicht auch, um die Dramaturgie zu steigern.
„Ich bin krank", fuhr er fort. Daran war nicht zu zweifeln, aber wer sollte ihn heilen? „Jemand anderer als du hätte es wahrscheinlich schon bemerkt. Ich vermute, dich interessiert es nicht einmal."
Er hielt erneut inne, um mir die Chance für eine Antwort zu geben, aber ich ließ sie bewusst schweigend verstreichen.

„Ich mach's nicht mehr lange. Es ist die übliche Geschichte, keine Chance auf Heilung. Vielleicht ist's morgen aus, vielleicht hab' ich noch zwei, drei Monate. Kann keiner sagen."

Es folgte wieder eine Pause, ekelhaft langgezogen.

„Was hast du?", fragte ich nüchtern.

„Interessiert dich das? Willst du es wirklich wissen? Krebs. Ganz normaler, handelsüblicher, beschissener Bauchspeicheldrüsenkrebs. 'Da kann man wenig machen bei all den Metastasen', hat der Arzt gesagt, der gleiche Quacksalber, der mir vor einem Jahr empfohlen hat, mir keine Gedanken zu machen, als ich mit den ersten Schmerzen zu ihm gegangen bin. Er weiß genau, dass er mich auf dem Gewissen hat. Aber er zuckt nur mit den Schultern. Es lässt ihn völlig kalt. Du kennst sowas natürlich nur aus Hollywood: ein halbes Dutzend Ärzte, die sich aufopfern, damit du überlebst, überall professionelles, triefendes Mitgefühl, dass man als Gesunder fast neidisch wird. Aber in Wahrheit ist es anders: Du siechst dahin, und keiner will damit zu tun haben."

„Was ist mit deiner Familie?"

„Was denkst du denn? Glaubst du, es würde mir Spaß machen, Kathrin und den Kindern dieses Verrecken in Zeitlupe möglichst hautnah vorzuführen? Sie wissen zwar, dass es mir nicht gut geht, aber sie können nur ahnen, wie verheerend mein Zustand wirklich ist. Wenn du immer der Herr im eigenen Haus warst, das Familienoberhaupt, zu dem alle aufgeschaut haben, dann ist dir nicht danach, ihnen Blut vor die Füße zu kotzen! Aber das kannst du natürlich nicht verstehen mit deinem überdimensionalen, aufgeblasenen Ego!"

Bei seiner gereizten Stimmung hielt ich es für besser, unsere Plauderei auf sich beruhen zu lassen. Natürlich war seine Situation bemitleidenswert, und ich gab mir dabei redlich Mühe, aber war das ein Grund, ausfallend zu werden? Er startete den Motor, und wir reihten uns wieder in die träge dahin kriechende Blechschlange ein.

Ich war wieder einen Schritt weiter bei meinem Versuch zu verstehen, in welchem sonderbaren Film ich mich hier befand. Aber meine Verwirrung war trotzdem größer als vorher. Er war also unheilbar krank, schön – beziehungsweise weniger schön. Er hatte noch einen Zeitraum x vor sich wie alle anderen Menschen auch, nur, dass das x bei ihm rasant gegen null ging. Er arbeitete für eine Firma, die ihn nicht reich gemacht hatte und die ihn in den nächsten paar Wochen auch nicht mehr reich machen würde. Was zum Teufel hatte ihn dazu gebracht, diese erbärmliche Reise mit mir anzutreten? Die Aussicht auf Ruhm und Ehre posthum war es wohl kaum – wenn wir mit einem 0:2 von diesem Auswärtsspiel zurückkehrten, waren uns nur Spott und Hohn sicher. Von eiserner Pflichterfüllung bis zum Ende konnte keine Rede sein, wenn man seine Termine mit einer solchen Lässigkeit links liegen ließ. Er wollte also einfach noch einmal 'raus an die frische Luft zum Schluss. Und da war dieser eigentlich öde Trip ein willkommener Anlass.

Aber wenn er Kathrin und seinem Nachwuchs das Elend seiner Anwesenheit schon ersparen wollte, warum schnappte er sich dann nicht seine goldene Sparkassen-Kundenkarte und ließ es irgendwo auf der Welt noch einmal richtig krachen? Die Frage lag mir auf der Zunge, aber ich beschloss, sie mir für später aufzuheben. Ein bisschen würde er schon noch durchhalten. Für mich an seiner Stelle wäre der Fall klar gewesen: eine gepflegte Havanna bei Sonnenuntergang irgendwo an einem karibischen Strand war der Garant für einen stilvollen Abgang. Na klar, da hatten wir es doch: der Sonnenuntergang am

Strand! Deswegen zog ihn das Wasser so magisch an. Aber warum musste ausgerechnet ich dabei sein? Ich hatte nichts gegen Ausflüge ans Meer und eine Zigarre bei Abendrot, aber das hier war doch eher eine Sache für den besten Freund, der mit seinen Launen umzugehen wusste, oder für einen engagierten Zivi.

Aber diesen besten Freund gab es wohl gar nicht, und wenn er sich immer so benahm wie in den letzten vierundzwanzig Stunden, war das auch nicht weiter überraschend. Erst feierlich auf du zu machen, um den anderen am nächsten Tag effektvoller beleidigen zu können – auf solche Freunde standen eben nur eingefleischte Masochisten.

Wie schon in der Nacht zuvor fragte ich mich, welche Optionen ich hatte, doch jetzt war alles noch komplizierter. Ich konnte mich in einem günstigen Moment vom Acker machen und auf eigene Faust den Heimweg antreten. Im Hause Mendl würde jeder Verständnis dafür haben, dass ich meine kostbare Zeit nicht mit solchen Vertriebspersiflagen vergeuden wollte. Wenn Hans allerdings in meiner Abwesenheit in die ewigen Jagdgründe des Außendienstes übergehen sollte, stand ich als gefühlskalter Deserteur da, der seinen dahinscheidenden Vorgesetzten achtlos im Ausland vergammeln ließ. Linda würde mich für dieses Verhalten mit wochenlangem Liebesentzug strafen. Wenn ich bei ihm blieb, musste ich mit weiteren Beschimpfungen und peinlichen Auftritten in der Öffentlichkeit rechnen. Und wenn er sich während dieser Zeit dafür entschied, das Irdische hinter sich zu lassen, blieb die Odyssee durch italienische Amtsstuben, um die Rückführung seiner sterblichen Hülle nach Hause zu organisieren, zweifellos an mir hängen. Ein striktes zeitliches Limit schien mir der beste

Kompromiss zu sein. Sollten wir am Samstagabend, achtzehn Uhr, nicht auf direktem Weg Richtung Norden sein, würden sich unsere Wege trennen. Doch bis dahin lagen noch dreißig lange Stunden vor mir.

Ein Anruf holte mich zurück ins Jetzt. Unter Hans' üblichem Gezeter nahm ich das Gespräch an. Eine blecherne Stimme, deren Besitzer ich nicht kannte, meldete sich als Hauptkommissar Vettermann von der Kripo München.

„Herr Hirschfeld, Sie wissen, warum ich anrufe. Wir sind beide im Bilde, ich kann also gleich zur Sache kommen."

Er ließ mir keine Chance zu erwähnen, dass ich alles andere als im Bilde war.

„Wir haben Sie beide, Herrn Metzger und Sie selbst, gebeten, sich uns umgehend als Zeugen zur Verfügung zu stellen. Ich nehme an, diese Nachricht hat Sie erreicht. Nun, die Situation hat sich geändert. Wir haben am Tatort DNA-Spuren sichergestellt und mit Referenzspuren verglichen. Diese Spuren sind eindeutig Herrn Metzger zugeordnet worden, und im Eingangsbereich des Büros von Stump haben wir auch Fingerabdrücke von Ihnen, Herr Hirschfeld, gefunden. Ich muss Ihnen nicht erklären, was das bedeutet."

Es bestand kein Zweifel, welche Schlüsse er daraus zog. Während mir dieser Vettermann die alarmierenden Neuigkeiten überbrachte, öffnete Hans das Fenster an der Fahrertüre. Das aufkommende Windgeräusch machte die Verständigung nicht gerade einfacher. Angesichts der spätrebellischen Phase, in der sich er gerade befand, konnte das nur Absicht sein. Der Kommissar fuhr fort: „Ich kann Ihnen beiden nur empfehlen: Kehren Sie so schnell wie möglich nach Deutschland zurück, und stellen Sie sich den Behörden. Ich sage das in Ihrem eigenen Interesse. Machen Sie die Dinge nicht noch schlimmer.

Zeigen Sie, dass Sie kooperationsbereit sind, und ich werde Ihnen helfen, aus dem Schlamassel 'rauszukommen."

Ich war mir sicher, dass er die Nummer bei Harvey Keitel abgeschaut hatte, dem gutherzigen Inspektor Hal, der verzweifelt versuchte, Thelma und Louise zur Aufgabe zu überreden, als sie polizeilich gesucht wurden. Für den Bruchteil einer Sekunde dachte ich auch daran, wie die Frauen endeten – als sie ihrem Cabrio die Sporen gaben und damit über den Rand eines Canyons in die Tiefe segelten. Ich fragte mich, ob es mit Hans und mir ähnlich enden würde.

Dieser Vettermann faselte noch irgendetwas von einer internationalen Fahndung, die er uns gerne ersparen wollte, und ich wollte gerade etwas weiter ausholen, um ihm zu schildern, wie arglos ich in diese Situation geraten war, und dann zu der Frage überleiten, ob ich eine Belohnung erwarten konnte, wenn ich den verwirrten Einzeltäter Hans Metzger tot oder lebendig ablieferte, als mir mein Handy aus der linken Hand gerissen wurde, mit der ich für gewöhnlich telefonierte. Es geschah blitzartig, und ich meinte wahrzunehmen, dass Hans das Gerät einfach aus dem offenen Seitenfenster schleuderte. Es war kein Aufprall zu hören, aber als ich mich schnell umdrehte, sah ich durch die Heckscheibe, wie ein Caravan mit gelbem Kennzeichen auf der Gegenfahrbahn das kleine, schwarze Etwas in seine Bestandteile zerlegte. Vettermanns letzte Worte verhallten in diesem Moment ungehört an einem niederländischen Wohnmobilunterboden. Die rustikale Art, auf die dieses Gespräch zu Ende ging, konnte für ihn nur eine Kampfansage sein, das war klar.

So, jetzt ging es ans Eingemachte. Ich war so gut wie tot, aber immerhin hatten wir nun klare Verhältnisse. „Was hast du als nächstes vor?", wollte ich wissen, während mein Puls raste wie ein Geigerzähler im Reaktorkern, „strangulierst du mich, wo's doch beim ersten Versuch so gut geklappt hat? Willst du Lösegeld für mich? Glaub ja nicht, dass für mich jemand bezahlt!"

„Red keinen Unsinn! Wir sind ein Team! Wir haben die Sache zusammen angefangen, und wir ziehen sie auch bis zum Ende durch."

12

Auch Hans ist manchmal Gast auf meinen gedanklichen Reisen, wenn auch ein ungebetener. Mittlerweile bin ich überzeugt, dass er mich von Anfang an gehasst hat. Es muss ihn ungeheure Beherrschung gekostet haben, sich das so lange nicht anmerken zu lassen. Schließlich hat er sich aber, indem er seinen teuflischen Plan mit meiner Hilfe, aber ohne mein Wissen in die Tat umgesetzt hat, meine Verachtung hart erarbeitet.

Seine Tiraden während der letzten, denkwürdigen Tage mit ihm sind mir noch in guter Erinnerung. Doch jetzt, wenn ich stundenlang auf meiner Pritsche liege, verschwimmt das, was mich scheinbar so scharf von ihm getrennt hat, und ich frage mich, wer von uns eigentlich das größere Arschloch ist. Er, der sich ständig selbst beweinende Abonnent der hinteren Plätze, der noch nie Freunde gehabt hat, und auf der anderen Seite ich, der ich mich immer nur mit Menschen umgeben habe, mit denen ich mein Ego hübsch verzieren konnte. Waren das Freunde? Welche Freunde habe ich eigentlich? Je mehr ich darüber nachdenke, umso ernüchternder ist die Bilanz.

Da ist zunächst Clemens, mein alter Studienkollege, der jetzt in Düsseldorf wohnt. Wir telefonieren zwei, drei Mal pro Jahr, aber um ehrlich zu sein, halte ich den Kontakt nur, weil er nach seinem Abschluss begonnen hat, mit britischen und italienischen Edelkarossen zu handeln. Das könnte einmal nützlich sein, man weiß nie. Dann Ralph aus der Wohnung schräg gegenüber, mit dem man zwar nicht reden, dafür aber wunderbar abhängen kann, ob im Biergarten, beim Ego-Shootern oder in den coolsten Lounges, die München zu bieten hat. Und natürlich Max, früher einmal der Prototyp des echten Kumpels, dessen Gravitationsfeld sich immer weiter von meinem entfernt, seit er mit seiner Dorothea so konkurrenzlos glücklich liiert ist. Dann wird es langsam schon ziemlich dünn. Es ist erschreckend festzustellen, wie selbst dieses kleine Bisschen sozialer Mörtel in wenigen Wochen zwischen meinen Fingern zerbröselt ist.

Dann gab es natürlich noch die Frauen – selten mehrere gleichzeitig, außer in den Übergangs- und Orientierungsphasen. Maren, das einzige weibliche Wesen weltweit, das *tatsächlich* Beine wie eine Barbie hatte. Davor Julia, die so hemmungslos stöhnte, dass sie mehrmals besorgte Nachbarn auf den Plan rief, die an der Tür läuteten. Davor Judith, Elvira, Laura und noch einige andere. Ich erinnere mich noch lebhaft an die aufregende Schönheit ihrer Berge und Täler. Aber ich weiß nicht mehr, wofür sie sich interessierten, woran sie glaubten, wer sie waren. Waren das damals *Freunde*? Wohl eher Spielzeug zum Anfassen für einen Pubertierenden, gefangen im Körper eines Dreißigjährigen, das nach kurzer, intensiver Benutzung schnell seinen Reiz verlor. Ich glaube, ich habe es immer gehalten wie Billy Crystal, der weise Harry, der Sally vergeblich zu überzeugen versucht, dass Männer und Frauen einfach nicht Freunde sein können.

Und jetzt Linda. Sie gehört nicht in diese Reihe, denn sie ist anders. Sie ist eine Persönlichkeit von fast unwirklicher Präsenz in jedem Raum, den sie betritt. Dabei fehlt es ihr beileibe nicht an erotischem Magnetismus. Doch je länger ich mit ihr zusammen bin, umso stärker wird das Gefühl, dass ich ihr nicht gewachsen bin – weder geistig noch emotional. Ich bin überzeugt, sie weiß das, doch bisher hat sie diese Erkenntnis wohlwollend ignoriert. Jetzt bin ich ein Problemfall, ein gegen den freien Fall ankämpfender Sonderling, der dabei ist, sein Gesicht zu verlieren. Sie hat es nicht nötig, durch mich ihren Ruf aufs Spiel zu setzen. Ob ich in ihren Augen schuldig bin oder nicht, wird dabei immer mehr zur Nebensache, denn ich habe die Chance vertan, mein Leben rechtzeitig, *vorher*, in Ordnung zu bringen. Jeder Tag, den ich hier verbringe, verstärkt die Gewissheit, dass ich sie verlieren werde.

Das Guckloch wird geöffnet; und der wortkarge Beamte in der graugrünen friedhofsamtartigen Uniform reißt mich aus meinen Gedanken. Es ist mal wieder so weit, die Staatsmacht will mich sprechen.

Den Diskussionen mit Vettermann sehe ich immer mit gemischten Gefühlen entgegen. Einerseits ist es eine nette Abwechslung zu einem doch eher einseitigen Alltag in meinem Quartier, und er hört mir sogar mitunter zu, andererseits ist es aber auch sehr ermüdend. Er legt eine grenzenlose Resistenz an den Tag, wenn es darum geht, meine Version der Geschichte – und ich war im Gegensatz zu ihm schließlich dabei – ernst zu nehmen. Manchmal glaube ich sogar zu erkennen, dass er sich über meine Erklärungsversuche lustig macht.

„Beginnen wir noch einmal mit dem Motiv, der Gemengelage", sagt er feierlich, und aus seinem Gesicht spricht der Stolz, einen Wortschatz mit solchen semantischen Kostbarkeiten sein eigen zu nennen. „Wir haben Ihr berufliches Umfeld näher untersucht. Die Mehrheit Ihrer Kollegen bei der Firma Mendl traut Ihnen zu, an einer solchen Tat beteiligt zu sein."

„Meinen Sie, der Publikumsjoker ist die richtige Methode, um Ihre Theorie zu stützen?", frage ich trotzig. Grubner, der ohne meine ausdrückliche Zustimmung anwesend ist, macht eine

beschwichtigende Handbewegung in meine Richtung. Vettermann fährt unbeirrt fort: „Bei Metzger ist das anders. Obwohl
er Ihr Vorgesetzter war, wurde er als schwach und beeinfluss-
bar wahrgenommen. Ich bin überzeugt, Sie sind beide keine
gewohnheitsmäßigen Täter, das muss man Ihnen zugute halten.
Aber das Potenzial war vorhanden. Es gibt Zeugen, die bestätigen, dass Sie in letzter Zeit häufiger zusammen zu sehen
waren und offensichtlich vertrauliche Dinge zu besprechen
hatten."

„Ich gebe zu, mein Chef hat mich hin und wieder mit dienst-
lichen Gesprächen belästigt. Aber unsere Unterhaltungen waren so langweilig, dass ich es nicht für angemessen hielt, das
ganze Großraumbüro einzubeziehen."

„Ihre Art kann einen wirklich wahnsinnig machen", fährt mich
Vettermann entnervt an.

„Belaste ich mich selbst, wenn ich sage, dass es mir mit Ihnen
genauso geht?"

„Herr Hirschfeld, seien Sie doch vernünftig", beschwichtigt
Grubner. Ich frage mich, wen dieser Rechtsverdreher eigentlich
vertritt.

„Na schön, geben wir ihm eine Chance, seine Version darzu-
stellen", unterbricht ihn der Kommissar. Die Art, wie in der
dritten Person über mich gesprochen wird, zeigt, wer hier mit
wem koaliert.

„Was soll ich ihm erzählen", wende ich mich in gleicher Manier an Grubner. „Metzger war mein Boss, wir kamen einigermaßen miteinander aus, ohne uns zu mögen, kannten uns nicht
privat ..."

Vettermann springt auf: „Ha, da haben wir's: Am Tatabend
waren Sie sogar bei ihm zu Hause. Seine Frau hat das bestätigt.
Womöglich haben Sie sogar auf Ihren Coup angestoßen! "

„Sie müssen darauf nicht antworten", flötet Grubner dazwischen.

„Warum, hat er etwas gefragt?"

Nun mischt sich auch noch Kriminalkommissar Künzl, der schmierige, jungdynamische Handlanger von Vettermann, in die Unterhaltung ein: „Wir wissen eine Menge über Sie – viel mehr, als Sie denken! Wir wissen, dass Sie eine Schwäche für Luxus haben. Wir haben zahlreiche Hinweise bei Ihnen gefunden: Prospekte von Sportwagen und exklusiven Immobilien ..."

„Haben Sie auch einen Sportwagen in meiner Garage gefunden? Das wäre wenigstens mal eine gute Nachricht."

„... außerdem Absagen auf Ihre Bewerbungen bei diversen Unternehmen!"

Ich muss schlucken, ein wunder Punkt in meiner jüngsten Vergangenheit.

„Ich werde Ihnen sagen, wie das auf mich wirkt", übernimmt nun wieder Vettermann, „Sie sind bei dieser Firma Mendl, längst innerlich gekündigt – frustriert, dass mit Ihrem Gehalt kein Leben auf großem Fuß möglich ist, ohne Karriereperspektiven, da Ihnen Metzger und Stump im Wege stehen. Ihre Versuche, bei anderen Unternehmen zu landen, scheitern, und es dämmert Ihnen, dass Sie vielleicht doch nicht der geniale Typ sind, für den Sie sich halten. Die Sucht nach dem schnellen Geld, Frust, und dann finden Sie auch noch einen Mitstreiter, der genau nach Ihrem Geschmack ist: verschuldet, mit einer gehörigen Portion Hass auf Stump wie Sie selbst, und vor allem leicht zu manipulieren. Was nun noch fehlt, ist ein Auslöser, eine einmalige Gelegenheit. Und genau diesen Tipp liefert Ihnen Metzger."

Zurück in meinem Staatsappartement fällt mir wieder ein, dass ich vor einigen Jahren schon einmal als (moralisch) Unschuldiger in die Fänge der Justiz geraten bin. Eine städtische Außenkamera porträtierte mich, als ich an der Ludwigsbrücke eine rote Ampel überfuhr. Pikant war daran, dass auf dem Foto deutlich zu erkennen war, wie ich mich gestikulierend aus dem Seitenfenster streckte, ohne den tosenden Querverkehr eines Blickes zu würdigen. Auslöser für die Ablenkung war meine überaus reizvolle Kommilitonin Nadja, die auf dem Radweg neben der Straße im luftigen Sommerkleidchen in Richtung Isarauen unterwegs war. Leichtfertigerweise wollte ich sie gerade an Ort und Stelle zu einem Date überreden, als die Aufnahme geschossen wurde. Zu meiner Verteidigung ist zu erwähnen, dass ich zu diesem Zeitpunkt frisch von Maren disliiert und die Mailuft mit sexuellen Lockstoffen übersättigt war.

Um die drohende Strafe abzuwenden, schaltete ich einen Anwalt namens Stockinger ein. Sein Ziel war es, das Gericht mit einem Strauß getürkter eidesstattlicher Erklärungen und Gutachten davon zu überzeugen, dass ich einem bosnischen Touristen auf der linken Spur, dessen Frau auf dem Rücksitz in den Wehen lag, den schnellsten Weg zum Krankenhaus erklären musste und dieser im letzten Moment an der roten Ampel zum Stehen kam, während ich ungebremst über die Kreuzung preschte. Der Bosnier war nicht mehr aufzutreiben, Stockinger legte jedoch eine schriftliche, von einem Notar irgendwo auf dem Balkan beurkundete Erklärung vor. Der Richter quittierte die Geschichte mit Kopfschütteln, entschied aber in dubio pro Bruno und entließ mich mit einem milden Urteil. Natürlich habe ich daran gedacht, den virtuosen Stockinger wieder einzuschalten, aber Linda hat herausgefunden, dass ihm seine Zulassung entzogen wurde, nachdem er in illegale Glücksspiele eines mobilen rumänischen Profiensembles verstrickt war und zudem süchtigen Mitspielern Darlehen zu überhöhten

Zinsen vermittelt hatte. Auch meine Balz um Nadja war vergebens. Sie nahm kurz darauf ein Angebot des Profs am Lehrstuhl für Kommunikationsökonomie an, als „persönliche wissenschaftliche Assistentin" in einer „Stabsfunktion" zu arbeiten. Ich wollte mir nicht ausmalen, was das bedeutete, und hatte überdies kein Interesse an den Ergebnissen ihrer Forschungsarbeit, also trennten sich unsere Wege, bevor sie sich vereint hatten.

13

Die Straße wand sich in endlosen Kehren durch die Schluchten der ligurischen Seealpen. Hans war immer noch am Steuer, und das kam mir im Moment durchaus gelegen. Der Fahrer Metzger war immer noch besser berechenbar als der durchgeknallte Rächer Metzger. Die Zeit des entspannten Cruisens war vorbei, ebenso die mehr oder weniger unangestrengte Konversation. Jedes Wort, jede Geste konnte jetzt ungeahnte Reaktionen auslösen. Ich wusste, dass Hans zum ersten Mal in seinem Leben ein gesuchter Mann war, und er wusste, dass ich es wusste.

Sie hatten also meine Spuren in Stumps Büro gefunden, besser gesagt, an der Tür. Natürlich, sie stammten von diesem sonderbaren Dienstagmorgen, als ich mich kurz in sein Zimmer gebeugt und mich dabei am Türrahmen abgestützt hatte. Dort hatte ich den Koffer zum ersten Mal gesehen, der nun zwei Meter hinter mir in jeder Kurve hin und her rutschte. Daran gab es keinen Zweifel mehr. Rohowsky hatte mich dort beobachtet. Er konnte bestätigen, dass ich die Fingerabdrücke in diesem Moment hinterlassen hatte und sie damit bedeutungslos waren – oder?

In den tief eingeschnittenen Tälern nahe der Küste war dieser trügerisch schöne Novembertag noch kürzer. Schon am frühen Nachmittag trollte sich die Sonne immer wieder hinter macchiabedeckte Hänge, während wir auf Savona zurollten. Wohin fuhren wir? Wo würde ich die nächste Nacht verbringen – in einem Genueser Leichenschauhaus? Wahrscheinlich nicht, denn dieser als Spießer verkleidete Irre neben mir sah mich als seinen Verbündeten an, und das war vielleicht noch schlimmer, als zu seinen Feinden zu zählen.

Hinter einer langgezogenen Kurve erschien es plötzlich zum ersten Mal – das Meer, ein dunkler Streifen unter einem grellblauen Himmel. Noch nie war mir die Begeisterung bei seinem Anblick ferner gewesen. Wieder ließ Hans den Wagen neben der Straße ausrollen. Der Gesichtsausdruck, den ich beim vorsichtigen Hinüberspähen wahrnahm, war genauso grimmig wie in den Stunden zuvor. Heitere Zufriedenheit sah anders aus.

„So, jetzt haben wir's gesehen. Drehen wir um?", fragte ich entgegen jeder Vernunft.

„Wir sind noch nicht am Ziel."

Wenig später erreichten wir Savona. Meine Reiseleiterfunktion hatte ich längst aufgegeben, da ich sowieso nicht mehr wusste, wohin er wollte. Während wir uns im dichten Stadtverkehr verloren, saß ich einfach neben ihm, immer noch benommen angesichts einer Bedrohung, die plastischer nicht sein konnte. In diesem Moment winkte mir das Schicksal nicht nur ein bisschen, es ruderte heftig mit den Armen. Hans steuerte eine Tankstelle an, unweit des Zentrums.

„Wir brauchen Sprit."

Ich erinnerte mich genau, dass wir kurz zuvor ein Revier der Carabinieri passiert hatten, nicht zu übersehen dank einem monumentalen Schild über dem Portal und einem Dutzend michelangelohimmelblauer Alfas, die in beliebigen Richtungen direkt vor dem Palazzo geparkt waren. Es konnte nur wenige hundert Meter hinter uns liegen. Die Zeiten des Self Service waren zu meinem Glück auch in Italien angekommen; Hans musste also aussteigen und persönlich zapfen. Es fiel mir schwer, sitzen zu bleiben und dabei auch noch ruhig zu wirken, während der Kraftstoff sich langsam in den Tank des Boliden ergoss. Dann schüttelte Hans ab, so, wie er das von sich selbst kannte, manövrierte den Rüssel umständlich zurück in die Halterung der Zapfsäule und verschwand, während er den Geldbeutel zückte, hinter einem Lieferwagen, der zwischen dem Senator und dem Tankstellenladen geparkt war.

Jetzt! Ich riss die Beifahrertür auf und lief nach hinten zum Kofferraum. Der Metallkoffer war zwischen dem anderen Gepäck verkeilt. Ich riss an seinem Griff wie ein tollwütiger Pitbull. Knirschend gab Hans' Hartschalenkoffer nach. Ohne mich umzusehen, spurtete ich los. Das Gewicht des Koffers am Arm machte einen flüssigen Dauerlauf unmöglich. Was davon war der Inhalt, was der Koffer selbst? Bargeld war nicht schwer, selbst in größeren Mengen, selbst, wenn es in kleinen Scheinen gebündelt war. Vor an die Hauptstraße, über die erste abzweigende Gasse weg. Ein hupender Lieferwagen, dem ich den Weg abschnitt. Ein erster hektischer Blick über die Schulter zurück. Von hier aus konnte ich den Eingang des Shops sehen. Eine weitere Person ging hinein; von Hans war nichts zu sehen. Ohne meine Augen abzuwenden, trabte ich weiter der Straße entlang. Langsam entfernte sich das Bild immer weiter von mir, die Szenerie erinnerte an einen klassischen Hitchcock. Keine dramatischen Streicherklänge, nur das Rauschen des Bluts in meinen Ohren. Ich rempelte einige Passanten an, während ich weiter wie gebannt zurückstarrte, womit ich nur noch mehr Aufmerksamkeit auf mich zog. Ich sah wohl aus wie ein Räuber auf der Flucht, dabei war ich auf der Flucht vor einem Räuber. Ich hatte das Polizeirevier zur Linken gesehen, musste die Straßenseite wechseln. Für Fußgängerampeln blieb keine Zeit, ich schlug mich also diagonal durch dichten Verkehr und jede Menge Anfeindungen in Form von Hupen und drohenden Fäusten. Von dort konnte ich noch einige Meter zurückschauen. Die Tür des Shops öffnete sich wieder, und jetzt trat Hans heraus, nur noch ein paar Stäbchen auf meiner Netzhaut groß, aber unverkennbar mit seiner leicht gebückten Haltung. In Abwesenheit primitivster zerebraler Grundfunktionen hatte ich vergessen, den Kofferraum des Senator zu schließen. Es dauerte also nur Sekunden, bis er die Lage erfasst hatte. Zu meiner Überraschung ließ er sich keine Panik anmerken, bedachte man, dass ich gerade seine Motivation für einen Mord davontrug. Ruhig schaute er sich um, und ich wusste, dass er keine allzu großen Chancen hatte, mich zu orten – vorausgesetzt, ich fiel nicht weiter durch hektisches Rennen auf. Ich schwamm also betont unauffällig im Strom der mich umgebenden Passanten mit, den glänzenden Koffer so weit wie möglich von ihm abgewandt. Dann versperrte mir und ihm ein Vierzigtonner die Sicht. Das war die Chance, das Rennen endgültig für mich zu entscheiden. Ich spurtete weiter, mein Gepäck immer wieder von einem tauben Arm auf den anderen wechselnd. In einer endlosen Kurve drehte die Straße nach rechts; aus meinem Schnaufen wurde ein Keuchen. Verdammte Axt, wie lange musste ich noch durchhalten? Hatte ich mich in der Stadt geirrt?

Endlich tauchten die blauen Alfas auf. Ich stolperte die Treppenstufen zum repräsentativen Eingang hinauf. Eine Handbreit vor meinem Kinn schwang eine der Türen auf, und ein Grüppchen von herumalbernden Carabinieri trudelte heraus, ohne mich eines Blickes zu würdigen. Ich stand in einer kathedralenartigen Eingangshalle und versuchte verzweifelt, mich zu orientieren. Wo war hier der Expressschalter oder wenigstens eine normale Kundentheke? An einem der seitlichen Treppenaufgänge, zwischen Marmorsäulen, sah ich einen prachtvoll dekorierten Beamten stehen, mit jeder Menge poliertem Messing und Lametta auf den Schultern und der stolz geschwellten

Brust. Zielstrebig steuerte ich auf ihn zu. Auf englisch erklärte ich ihm meine missliche Lage, erzählte in kurzen Sätzen von dem geraubten Koffer, den ich ihm gleichzeitig unter die Nase hielt, von dem Mord, der dafür begangen worden war, und vergaß nicht, darauf hinzuweisen, dass ich mit der Sache nichts zu tun hatte. Ich wusste nicht, wie man hierzulande mit Schwerverbrechern umging, die sich der Polizei stellen, aber wenn ich nicht unmissverständlich klarmachte, dass der Bösewicht ein paar hundert Meter weiter frei herumlief, würde ich es, so war zu befürchten, bald erfahren. Doch der stolze Staatsdiener sah keinen Anlass, auf meine Ansprache zu reagieren. Er starrte weiter regungslos geradeaus, und mir kam der Verdacht, dass ich einer wächsernen Leihgabe aus dem Savoneser Polizeimuseum gegenüberstand. Ich setzte noch einmal an, und jetzt schüttelte er langsam den Kopf, ohne mich eines Blickes zu würdigen, und wies auf einen Durchgang unterhalb der Treppe.

Ich erreichte einen Bürotrakt, der durch einen langen Tresen vom öffentlichen Bereich abgeschirmt wurde. Eine Schlange von fünf oder sechs Zivilisten stand schräg davor. Weiter rechts lehnte ein Polizist lässig auf der Theke, den Kopf auf die Hände gestützt. Mit einem unterwürfigen Nicken ging ich zu ihm und legte den Koffer vor ihm ab, doch mit geschultem Blick erkannte er, dass er nicht zuständig war, und wies mich mit wackelndem Zeigefinger ab. Hinter ihm standen drei weitere Uniformierte in einer heiteren Dienstbesprechung beisammen, zwei von ihnen mit Espressotassen in der Hand. Da sie mich äußerst professionell ignorierten, blieb mir nichts anderes übrig, als mich in die Schlange einzureihen. Unruhig wechselte ich von einem Bein aufs andere, ohne den Koffer abzustellen. Ab und zu drehte ich mich um und blickte zurück in die

Säulenhalle, getrieben von dem absurden Gedanken, Hans könnte mich hier suchen. Vorne am Tresen, unter dem gerade ein älterer, selbst für hiesige Verhältnisse sehr kompakt gebauter Mann, in Karohemd und farbverschmierter Hose tapfer der Staatsmacht gegenüberstand, flammten immer wieder hitzige Diskussionen auf. Der Augenblick, in dem Dienstwaffen gezückt würden, um den nötigen Respekt wiederherzustellen, schien nicht mehr weit. Schließlich ließ er sich abwimmeln, und der Nächste war an der Reihe. Für ihn wurde mit einer Schreibmaschine aus der Ära Mussolini ein vierseitiges Formular ausgefüllt. Da der Diensthabende die Zehnfingertechnik nicht einmal ansatzweise beherrschte, vergingen wieder quälende Minuten. Mit jeder würde es schwieriger werden, meinen kriminellen Vorgesetzten schnell dingfest zu machen. Als auch dieser Fall erfolgreich abgeschlossen war, widmete sich der Beamte dem Auffüllen der Büromaterialvorräte in dem Schrank hinter ihm. Seine drei Kollegen nebenan diskutierten weiter angeregt und fühlten sich außerstande, für ihn einzuspringen. Abgesehen von ihren rudernden Gesten verharrte der ganze Raum in Bewegungslosigkeit. Die drei verbleibenden Leidensgenossen vor mir ertrugen die Provokation mit stoischer Gelassenheit. Ich hielt es nicht mehr aus. Noch einmal nahm ich meinen Mut zusammen und ging nach vorne: „I need help!“

Alarmstimmung löste auch das nicht aus, doch immerhin nahm sich einer der drei widerwillig meines Falls an. Dank dem Probevortrag vor dem polizeilichen Würdenträger in der Halle konnte ich mein Anliegen einigermaßen routiniert vortragen. Er nickte vielsagend, gab sich weltoffen und gastfreundlich und stellte in lupenreinem Schulitalienisch allerlei Fragen, über deren Inhalt ich nur spekulieren konnte. Noch einmal erzählte ich und deutete auf den Koffer. „Look inside!", rief ich. Der Inhalt würde ihm die Brisanz klarmachen, wenn ich dazu schon nicht in der Lage war.

Misstrauisch beäugte er das Stück, hielt es ans Ohr, drehte es um und öffnete die Schnappschlösser. Er klappte den Deckel nach oben und durchwühlte lustlos den Inhalt, der mir jetzt wie schon vor einigen Tagen in Stumps Büro verborgen blieb. Sein Gesichtsausdruck büßte angesichts des mutmaßlichen Anblicks nichts an Gelassenheit ein. Er schüttelte verständnislos den Kopf und drehte den Koffer in meine Richtung. Eine plötzliche Hitzewallung stieg in mir auf, und das Bild vor meinen Augen verschwamm: kein Geld, nicht einmal ein paar Münzen für den Fluppenautomaten. Eine Tageszeitung, ein blütenweißer Notizblock, einige Firmenprospekte aus dem Hause Mendl, eine braune Woolworth-Strickweste mit grobmaschigem Zopfmuster – das war alles.

Fassungslos wie ein bankrotter Glücksspieler durchwühlte ich den Inhalt, fingerte hektisch in den Seitenfächern herum – es blieb dabei: keine Scheine, keine belastenden Fotos, kein Tatwerkzeug, nicht die geringsten Spuren eines Verbrechens. Meine Geschichte brach in sich zusammen. Die geduldige Aufmerksamkeit meines Gegenübers ließ nun rapide nach. Er schob mir den Koffer zu und deutete unmissverständlich in Richtung Ausgang. In meiner Verzweiflung schrie ich ihn an, dass er mir verdammt nochmal helfen müsse und dass ein Mörder frei in der Stadt herumlief, aber ich hatte meine Chance vertan. Plötzlich kam hektische Betriebsamkeit auf, als seine beiden Kollegen rechts und links neben mir auftauchten, mich mit Nachdruck am Arm packten und zurück in die Säulenhalle schoben. Aus meinem Schreien wurde wütendes Gebrüll, und sie drohten mir mit etwas, das sich wie „psychiatrisches Institut" anhörte. Mit einem unfreundlichen Stoß fand ich mich auf der Außentreppe wieder, den verfluchten Koffer in der Hand.

Langsam rollte ein Fahrzeug heran, und obwohl das Licht der Straßenlaternen die Dämmerung mit einer mandarinenfarbenen Flut übertünchte, bestand kein Zweifel: Es war der Senator, und Hans saß am Steuer. Der Wagen hielt in zweiter Reihe an, ein Arm streckte sich herüber und stieß die Beifahrertür auf. Ich erstarrte, als hätte der Leibhaftige seinen Limousinenservice geschickt. Diese dreiste Schaufahrt unter den Augen der Gesetzeshüter verhöhnte mich und meinen lächerlichen Versuch, ihn ans Messer zu liefern. War mein Plan wirklich so durchschaubar gewesen? Ich drehte mich noch einmal sehnsüchtig um und trottete wie ein Schuljunge, der vom Nachsitzen abgeholt wird, mit gesenktem Kopf die Treppe hinunter, legte den Koffer auf die Rückbank und stieg ein. Ohne ein Wort fuhren wir wieder los, passierten die Tankstelle, und nun sagte ich betont lässig: „Wir sollten uns bei Gelegenheit mal unterhalten."
Noch viel lässiger antwortete er: „Wenn du meinst."

14

„Wie Sie selbst zugegeben haben, stand Stumps Flucht ins Ausland unmittelbar bevor. Sie mussten also schnell handeln."

„Moment mal, ich habe das nicht zugegeben, sondern Hans Metzgers Aussage wiedergegeben. Das ist ein feiner Unterschied."

„Wer von Ihnen beiden das zuerst herausbekommen hat, spielt zunächst einmal keine Rolle. Sie beide bleiben also an diesem Abend lange in der Firma, bis alle anderen gegangen sind. Es ist etwa halb acht. Nur Stump ist noch da, er packt die letzten Dinge zusammen. Dabei ahnt er nichts von Ihrer Anwesenheit, steht mit dem Rücken zur Bürotüre vor seinem Tresor. Das ist die Gelegenheit. Einer von Ihnen beiden – aufgrund der zahlreichen Spuren am Tatort wahrscheinlich Metzger – tritt blitzschnell von hinten an Stump heran, legt ihm eine Drahtschlinge um den Hals und zieht zu. Der andere – also Sie – nimmt sich das Geld, durchsucht das Büro und besonders den Safe nach weiteren Wertsachen, und nach wenigen Minuten verschwinden Sie beide. Sie verlassen das Gebäude nacheinander, weil Ihnen das unverdächtiger erscheint."

„Wenn ich das ganze Büro durchsucht habe, warum sind dann meine Spuren nur im Eingangsbereich?"

„Herr Hirschfeld, Sie sind doch krimierfahren. Wie man Fingerabdrücke vermeidet oder beseitigt, ist doch kein Geheimnis. Dass Metzger dabei nicht so sorgfältig ist wie Sie, kommt Ihnen dabei gelegen. Sie haben vielleicht sogar Recht: Ihre Abdrücke an der Tür stammen tatsächlich vom Morgen vor der Tat. Ihr Kollege Rohowsky hat bestätigt, Sie dort gesehen zu haben. Er hat aber auch bestätigt, dass Sie sich stark für die Vorgänge in Stumps Büro interessiert haben." Vettermann umkreist in Triumphpose den Schreibtisch.

„So, wir haben also die Firma nacheinander verlassen. Hat das irgendjemand beobachtet?", möchte ich wissen.

„Ein Mitarbeiter des Sicherheitsdienstes hat auf seinem Rundgang jemanden beobachtet, dessen Beschreibung auf Metzger passt. Wir vermuten, dass Sie schon einige Minuten vorher gegangen sind."

„Natürlich, der Qualm meiner Schuhsohlen auf dem Asphalt war noch zu riechen. Das ist der Beweis."

„Das nicht", antwortet Künzl ernsthaft, „aber Sie haben kein Alibi für die Tatzeit."

„Hatten wir schon mal. Wie wär's mit den Damen aus dem Blumenladen?"

„Hatten wir auch schon mal! Erstens waren Sie – Ihren eigenen Angaben zufolge – zwischen fünf und halb sechs dort. Sie hatten also noch jede Menge Zeit, zurück in die Firma zu fahren. Zweitens kann sich keine der Damen an Sie erinnern. Verständlich, wie ich finde. Ich kenne den Laden, und um diese Zeit herrscht dort Hochbetrieb."

„Fragen Sie Metzgers Frau. Sie kann bestätigen, dass ich gegen halb acht schon bei ihr war."

„Das kann sie leider nicht so genau", erklärt er süffisant, „sie bestätigt lediglich, dass Sie vor Metzger dort eintrafen. An die Uhrzeit kann sie sich nicht mehr erinnern. Außerdem können wir den fraglichen Zeitraum ohnehin nur auf etwa eine Stunde eingrenzen."

Es ist zum Davonlaufen, haha, guter Witz. Kathrins Schusseligkeit in diesem wichtigen Detail ist womöglich schuld daran, dass in der Pension zum reuigen Sünder endgültig sesshaft werde. Ist es wirklich Schusseligkeit? Sie muss doch wissen, was für mich von dieser Aussage abhängt. Oder war alles von Anfang an so geplant? Ist sie Teil des Metzgerschen Rachefeldzugs gegen mich? Ich würde ihr gerne ein paar Fragen stellen, aber ich habe sie seit jenem Abend nicht mehr gesehen. Ersatzweise tut es auch eine Frage an die Herren Vettermann und Künzl, die ein entscheidender Trumpf in meiner Hand ist: „Warum in aller Welt sollten wir uns zu nachtschlafender Zeit auf eine derart stümperhafte Flucht machen, wo wir doch, jeder für sich, zuhause mit Adiletten an den Füßen und der Chipstüte in der Hand ein perfektes Bild der Unschuld abgeben könnten für den Fall, dass Sie an der Türe klingeln? Warum sollten wir uns ohne Not so aufdringlich verdächtig machen? Solange Sie darauf keine Antwort haben, sehe ich keinen Grund, mich auf meine Resozialisierung vorzubereiten."

„*Natürlich* haben wir uns diese Frage auch gestellt", kontert Vettermann, und *natürlich* fällt ihm dazu nichts Plausibles ein.

„Metzger ist ein labiler Typ. Sie können sich nicht sicher sein, ob er bei der ersten Gelegenheit, wenn wir ihn befragen, die Nerven verliert. Also beschließen Sie, die ersten Tage in sicherer Entfernung zu verbringen, bis sich die Lage beruhigt hat. Diese 'Dienstreise' ist dafür der perfekte Kompromiss. Sie verkünden das vorher im Kollegenkreis, unter dem Siegel der Geheimhaltung, damit Stump nicht etwa davon Wind bekommt. Damit sind Sie zunächst absolut unverdächtig. Dabei wissen wir beide natürlich, dass nie eine Dienstreise geplant war."

„So, das wissen Sie also inzwischen auch", sage ich bewundernd.

„Sollte wider Erwarten etwas schief gehen, sollten Sie in das Visier unserer Fahndung geraten", fährt er fort, „haben Sie, so Ihre Hoffnung, genügend Vorsprung, um sich notfalls ganz absetzen zu können. Aber da haben Sie uns und die internationale Zusammenarbeit der Polizeibehörden wohl unterschätzt." Seine Stimme zittert beinahe vor lauter Ehrfurcht vor sich selbst, während er das sagt.

„Bleibt noch eine Frage, die uns brennend interessiert: Wo ist die Beute?", klinkt sich mein besonderer Freund Künzl wieder ein, „Sie wollen uns doch nicht weismachen, dass das, was Sie bei sich hatten, als die italienischen Kollegen Sie überwältigt haben, alles war!"

„Sie sind doch die Ermittler. Ich mache das hier nur ehrenamtlich", stelle ich lapidar fest, „Suchen Sie doch bei Metzger oder was weiß ich wo. Ich habe kein Geld oder sonst irgendetwas aus Stumps Tresor."

„Die zwölftausend in Ihrer Reisetasche sind ja kein Pappenstiel! Bilden Sie sich bloß nicht ein, Sie könnten den Rest irgendwo lagern und in zehn, fünfzehn Jahren, wenn Sie mit etwas Glück wieder 'rauskommen, ungestört abholen. Wir werden Sie verfolgen, auf Schritt und Tritt!", droht Vettermann.

„Aber bis dahin sind Sie sicher längst Polizeipräsident! Dann wird das wohl der Herr Künzl alleine machen müssen", stelle ich fest, und der Assistent schaut mich an, als denke er darüber nach, wie man die Genfer Konvention möglichst großzügig auslegen kann.

„Sie haben verdammt nochmal die letzte Chance, Ihren Kopf aus der Schlinge zu ziehen, und ich rate Ihnen, sie zu nutzen", geifert Künzl und haut in kontrollierter Entrüstung die Faust auf den Tisch. Wow, jetzt klingt er wie einer dieser knallharten US-Cops, wenn sie gestandene Ghetto-Größen weichkochen. Ich bin beeindruckt.

Etwas passt mir an diesen fruchtlosen Diskussionen überhaupt nicht, und ich schaue Vettermann tief in die Augen, als ich beinahe feierlich sage: „Wir haben bisher immer nur über Ihre gesammelten Abenteuergeschichten geredet. Wollen Sie nicht einmal meine Variante hören?"

15

Erst vor wenigen Wochen hatte ich in einem Reisemagazin einen Artikel über Genua gelesen. Diese Verkannte unter den Metropolen Italiens, so hieß es dort, sei eine Stadt, die ihre Reize erst auf den zweiten Blick offenbare. Der erste Blick, den ich während unseres Törns durch die düsteren Straßenschluchten riskierte, verriet mir, dass der Autor bis hierhin nicht gelogen hatte. Abgasschwaden, die entlang der verstopften Magistralen unter dem Licht der Straßenlaternen nach oben zogen, verliehen der ohnehin besonderen Stimmung einen gespenstischen Reiz. Nach einer halben Stunde Umluft im Wagen hatte sich der Geruch meines Angstschweißes so stark angereichert, dass ich ihn selbst wahrnehmen konnte. Wieder hatte Hans anstelle der Schnellstraße eine romantische Strecke gewählt, vorbei an gigantischen, ausgehöhlten Ruinen ehemaliger Palazzi, die sich oberhalb des Stadtzentrums in die steilen Berghänge zwängten. Die Querstraßen gaben für Sekundenbruchteile den Blick in die seitlichen Dimensionen frei – Hafenkräne, rostige Pötte und Industriebaracken auf meiner Seite, die mächtigen Stelzen der Autostrada, die sich im Dunst der ligurischen Berge verloren, in der Richtung, wo Hans am Steuer saß.

Aus der akuten Panik, die ich verspürt hatte, als ich mich wieder seiner Willkür auslieferte, waren Fatalismus und Starre geworden. Wie idiotisch war meine Idee, als Zeuge mit der Beute in der Hand in einer italienischen Polizeistation aufzutauchen, wirklich gewesen? Hatte ich ernsthaft erwartet, als Held mit Zivilcourage gefeiert zu werden, während man die Jagd auf den wahren Verbrecher eröffnete? Wenn der Koffer tatsächlich enthalten hätte, was ich erwartet hatte – ich wäre angesichts meiner Unfähigkeit, die Lage so zu schildern, wie sie *wirklich* war, zweifellos als erster eingelocht worden – mindestens bis zum Eintreffen eines Dolmetschers. Und Hans, dem ich kaum zugetraut hatte, einen Lottoschein fehlerfrei auszufüllen, hatte mich durchschaut, mehr sogar, er hatte mein Verhalten exakt ausgerechnet, hatte mich bewusst ins Leere laufen lassen. Wo war das viele Geld, das er angeblich hatte mitgehen lassen, wenn nicht in diesem ominösen Koffer? Wenigstens eine aus der Unmenge an Fragen, die mich beschäftigten, musste ich stellen: „Wohin fahren wir?"

„Ans Meer. Hier ist doch kein Meer, nur Kloake."

Und noch ein Versuch: „Wie weit noch?"

„Nicht mehr sehr weit. Ich bin müde. Raus aus der Stadt, in eine freundlichere Umgebung."

Jetzt war er völlig abgeklärt; trotz des hektischen Treibens rings um die Kotflügel des Wagens schien er in sich selbst zu ruhen. Diese Stimmung galt es zu bewahren, um ihn zum Reden zu bewegen, den Kontakt nicht abreißen zu lassen. In jeder TV-Geiselnahme war das die Devise, und nun musste ich es selbst bewältigen, ohne psychologische Ausbildung. Mir war klar, dass mir nicht mehr viele Gelegenheiten blieben, den Fahrstuhl zum Schafott kurz vor der Ankunft zu stoppen. Ich war wohl kaum in der Lage, ihn zur Vernunft zu bringen, aber vielleicht schaffte er es mit meiner freundlichen Unterstützung selber.

Weiter schoben wir uns im Schritttempo voran, nur mit dem Ziel, die verkannte Schönheit so bald wie möglich hinter uns zu lassen – erst auf sogenannten Schnellstraßen durch gesichtslose Trabantenstädte, dann durch scheinbar ausgestorbene Siedlungen entlang der Küste, mediterran aufgehübscht durch einige verwahrloste Palmen neben den Gehsteigen. Todesmutige Vespafahrer umschwirrten uns wie gereizte Insekten, schabten an den Stoßstangen des Senator beinahe das Profil von ihren Reifen. Immer öfter wurde jetzt der Blick zum Ufer frei. Der gewundene Lichtsaum, der sich im Dunst verlor, trennte den ruhelosen Siedlungsbrei der Riviera vom schwarzen Nichts dort, wo sich das Meer ausbreitete. Die Szenerie hatte durchaus ihren Reiz, und Hans schien sie derart zu faszinieren, dass die Straße vor ihm zur Nebensache geriet. Immer wieder schnippte ich wortlos mit den Fingern, um ihn auf kreuzende Roller und einscherende Sattelschlepper aufmerksam zu machen. Wir waren immer noch eingereiht in den endlosen, zähen Korso der Stadtflüchtigen, doch allmählich schaute Hans aus, als sei er an seinem Ziel angekommen.

16

„Wir beide wissen, was mit Stump passiert ist – einer von uns ganz genau. Die Polizei weiß es inzwischen auch. Du hast deine Aktion in München mit einer kleinen Eskapade ans Meer verknüpft. Da sind wir jetzt. Schön. Aber wenn du mich schon in deinen finalen Abenteuerkrimi einbaust, ohne mich vorher um Erlaubnis zu fragen, dann stehen mir, glaube ich, ein paar Auskünfte zu."

Wir saßen immer noch im Wagen, der irgendwo an der Uferpromenade kurz vor dem Stadtzentrum von Rapallo geparkt war, und kauten für einige Minuten schweigend auf kalter Pizza herum, laut Pappschachtel „La meglia della città". Dann sagte Hans unvermittelt: „Was willst du wissen?"

„Warum musste er dran glauben? Warum gerade an diesem Dienstag? Und wenn es Dir nur um die Genugtuung ging – warum hast du es nicht einem seiner Geschäftsfeinde überlassen, das zu erledigen? Es war doch nur eine Frage der Zeit, bis jemand dieses Ehrenamt übernehmen würde."

„Ich habe ihn schon länger beobachtet. Am Anfang hatte ich nur einen vagen Verdacht, dass er die Interessen der Firma zugunsten seiner eigenen Geschäfte vernachlässigte. Nachdem es eine fehlerhafte Zahlung durch einen Kunden gegeben hatte, habe ich mir einige Unterlagen aus der Buchhaltung näher angesehen. Dabei ist mir aufgefallen, dass immer wieder hohe Beträge an eine Firma in der Schweiz bezahlt wurden, die gar nicht auf unserer Lieferantenliste stand. Über diese Firma war nichts in Erfahrung zu bringen – sie schien gar nicht zu existieren. Das Ganze lief unter dem Titel 'Beratungsdienstleistungen', aber niemand hat je einen Berater dieser Firma bei uns gesehen."

„Wäre es nicht Sache des Einkaufs gewesen, die Geschichte

aufzuklären?"

„Du vergisst, dass Stump den Einkauf kommissarisch leitete, seit er vor einem Jahr Lechner abserviert hatte. Seither fehlte jede Kontrolle über das, was dort passiert."

„Du hättest jemandem aus der Geschäftsführung von deiner Entdeckung berichten können."

„Bist du wirklich so naiv zu glauben, dieser Jemand hätte den Schneid gehabt, Stump in die Parade zu fahren? Er *war* die Geschäftsführung; Zink und die anderen waren doch nur willige Arschkriecher."

„Warum hast du nicht die Polizei eingeschaltet?"

„Ha", prustete Hans verächtlich, „ich alleine? Bevor die irgendetwas unternommen hätte, wäre ich schon auf der Straße gesessen – weil ich in Unterlagen gewühlt habe, die mich nichts angehen."

„Und dann hast du dir gesagt: Also gut, wenn ich auf legalem Weg nichts erreichen kann, dann eben auf die harte Tour?"

Er schüttelte den Kopf und schloss dabei die Augen, als hätte ich rein gar nichts verstanden. Dann raffte er sich wieder auf: „Eins nach dem anderen! Das lief alles seit Lechners Rausschmiss. Auf Stumps Konto in der Schweiz müssen sich große Summen angesammelt haben."

„Wie viel?"

„Allein durch die Scheinfirma fast dreieinhalb Millionen. Und ich vermute, dass das nicht seine einzige Idee war, um sich persönlich zu bereichern."

Ich schluckte trocken: „Respekt. Aber wenn das alles bargeldlose Geschäfte waren – warum behaupten dann alle, dass bei dem ...", ich suchte nach einem neutralen Begriff, „... Vorfall Geld gestohlen wurde?"

„Der Tresor stand offen; da denkt natürlich jeder gleich daran, dass sich jemand bedient hat. Tatsächlich war da *nur* ein *kleines* Paket Bargeld fürs Handgepäck, für den Fall, dass er auf seiner Flucht ein paar Aufmerksamkeiten verteilen musste", sagte Hans mit verächtlichem Unterton.

„Wieso wollte er fliehen, wo doch alles so reibungslos lief?"

„Ich habe ihn vor etwa zwei Wochen zur Rede gestellt."

„Na, das musste ja ein Erfolg werden. Er hat dir natürlich versprochen, das Geld zurückzuzahlen und nichts Böses mehr zu tun, richtig?"

Er schaute mich an, als wäre ihm danach, mir ins Gesicht zu schlagen. Wenn ich mich nicht schnellstmöglich bremste, wären die zarten Bande der Kommunikation zwischen uns zerrissen, und ich hätte es wieder mit seiner jähzornigen, unkalkulierbaren Seite zu tun. Er seufzte und fuhr schließlich unbeirrt fort: „Erst stritt er alles ab und bezeichnete mich als paranoid. Als ich die Überweisungen erwähnte, glaubte er, ich wolle ihn erpressen."

„Das wäre doch eine schöne gewaltfreie Alternative gewesen, oder?"

„Ich sagte ihm, er solle die Sache einfach nur in Ordnung bringen, und mit einem hämischen Grinsen im Gesicht – ich erinnere mich noch genau daran – antwortete er salbungsvoll: 'Herr Metzger, ich tue das doch alles nur zum Wohl des Unternehmens!'"

„Und da ihm angesichts deiner Andeutungen etwas mulmig wurde, wollte er sich absetzen."

„Das alleine hätte wohl kaum gereicht. Aber in den letzten zehn Tagen hat im Management das Gerücht von der Insolvenz die Runde gemacht. Die Hörigkeit der Geschäftsführung ihm gegenüber geriet damit ins Wanken, und Stump war klar, dass bei einem Kassensturz durch den Insolvenzverwalter seine Praktiken nicht geheim bleiben konnten."

Die Mendl & Söhne KG stand also nicht mehr am Abgrund, sie

befand sich bereits im freien Fall. Mit meinen Bestrebungen, die Notleine am Karrierefallschirm zu ziehen, war ich reichlich spät dran.

Ohne eine weitere Nachfrage fuhr Hans fort: „Stump hatte sein Verschwinden penibel vorbereitet. Die wenigen Belege, die es für seine persönliche Bereicherung gab, waren vernichtet. Das Geld hatte er auf verschiedene ausländische Konten verteilt, bis auf die Barreserve in seinem Tresor. Und für Mittwochabend hatte er ein Ticket nach Santiago de Chile, ohne Rückflug."

„Bist du ihm die ganze Zeit auf dem Schoß gesessen, um das alles herauszufinden?", fragte ich ungläubig.

„Es war viel einfacher", brüstete er sich, „erinnerst du dich noch an die Zeit vor Stump – als der alte Mendl noch da war? Die Dromsky übernahm für mehrere Monate die Vertretung seiner damaligen Sekretärin, als die", er räusperte sich und schluckte, „schwer erkrankt war. Sie hatte einen Schlüssel für sein Büro. Es war das gleiche Büro, in dem sich später Stump eingenistet hat, und es ist bis heute das gleiche Schloss. In der Schublade von Frau Dromsky liegt immer noch der Schlüssel zu diesen Erkenntnissen, sie hat ihn nie zurückgegeben. Und Stump hatte keine Ahnung davon. Solange sein Büro abgeschlossen war – und das war es bei jedem Gang aufs Klo – fühlte er sich sicher. Die Unterlagen, die seine Aktivitäten belegten, lagen offen auf seinem Schreibtisch oder in einer der Schubladen herum; ich musste nur warten, bis er unterwegs zu einem seiner sogenannten Geschäftspartner und das Sekretariat nicht besetzt war. Erst später, nachdem ich ihn angesprochen hatte, wurde er ein bisschen vorsichtiger."

Die Unterhaltung der letzten fünf Minuten hatte es in sich gehabt, und wie zur Bestätigung waren die Scheiben von innen dick beschlagen. Es zog mich ins Freie, und diesmal hielt ich es für ratsam, Hans mitzunehmen. Er war beinahe zu träge, die minimalistische Gemütlichkeit aus Plastik und Plüsch zu verlassen. Ich packte ihn bei der Ehre: „Du willst mir nicht sagen, dass du seit Tagen auf dem Weg zum Meer bist, um dir jetzt gerade mal ein Guckloch freizuwischen, damit du's dir auch anschauen kannst?"

Die bei unserer Ankunft noch leere Parkbucht war inzwischen voll besetzt. In den anderen Autos, deren Scheiben ebenfalls beschlagen waren, herrschte reges Treiben. Unverkennbar handelte es sich um junge Pärchen in der Fummelphase. Die kleinen Latin Lovers wagten es nicht, ihren Perlen im eigenen Zimmer mit Eros-Ramazzotti-Poster über dem Bett an die Wäsche zu gehen, denn Mama führte ein strenges Regiment, und bei Missachtung der Hausordnung drohte ihnen eine Tracht Prügel, deshalb mussten sie hier in ihren engen Fiats drollige Verrenkungen vollführen – zumindest war das meine Interpretation. Wer nun Hans und mich beobachtete, wie wir aus dem Wagen stiegen, musste zwangsläufig falsche Schlüsse ziehen, also hoffte ich inständig, dass die Ragazzi zu beschäftigt waren, um uns wahrzunehmen. Wir schlenderten auf der Promenade in Richtung Rapallo, wobei ich auf einen unverdächtigen Sicherheitsabstand zwischen uns achtete. In einem behäbigen Rhythmus liefen Zwergwellen lustlos raschelnd am Strand aus. Weit draußen auf dem Wasser dümpelten ein paar Fischerboote oder – bei weniger romantischer Betrachtung – vielleicht auch die Segeljachten einiger Industriebarone der zweiten Kategorie, denen man in Portofino die letzten Liegeplätze für die Nacht vor der Nase weggeschnappt hatte.
„Und? Gefällt's dir – hier am Meer?", übte ich mich in Small Talk. Hans nickte wortlos und sah dabei nicht unzufrieden aus.

„Was hast du morgen vor?" Die Frage war wohl überlegt, denn zum einen interessierte mich die Antwort brennend, zum anderen machte die Form klar, dass das alles *seine* Nummer war und ich alles andere als sein Komplize.

„Weiß nicht. Vielleicht noch'n Stück nach Süden?"

Er wartete vergeblich auf meine Zustimmung oder einen sonstigen Kommentar. Hans war jetzt, so abwegig das klingen mochte, so wertvoll wie nie für mich – solange ihm das Krebsgeschwür noch etwas Zeit ließ und er bestätigen konnte, dass *nur* seine Version dieser abenteuerlichen Geschichte die richtige war. Wir erreichten das Zentrum, das menschenleer war wie eine ostdeutsche Fußgängerzone nach Ladenschluss, während die Jugend vor den Toren der Stadt ihren Spaß hatte. Obwohl mein liebenswerter Chef, Abteilungsleiter und Raubmörder in Personalunion, in Gedanken verloren neben mir her trottete, konnte ich ihn davon überzeugen, dass wir eine Unterkunft für die Nacht brauchten und dass es langsam Zeit wurde, danach zu suchen.

Die mondänen Hotels entlang der Promenade, die den Sommer über weißhäuptige Busgruppen aus Eindhoven oder Wuppertal beherbergten, lagen jetzt im Dunkeln. In der einzigen geöffneten Absteige gaben sich schmierige Haustürverkäufer die Klinke in die Hand, und Nachfragen an der Rezeption bestätigten meine Befürchtung, dass hier ein Kongress von Abgesandten der Heizdecken- und Knoblauchpillenbranche oder etwas in dieser Art gleich das ganze Etablissement gebucht hatte. Wir genehmigten uns also ersatzweise noch den einen oder anderen Grappa in der nächstbesten Bar. Schließlich gab es für mich noch einige - für mein weiteres Leben in Freiheit entscheidende – Fragen zu klären. Hans war in einer merkwürdig gelösten Stimmung. Wenn ich es schaffte, den nächsten

Vollrausch von ihm abzuwenden, rechnete ich mir gute Chancen aus. Ich versuchte es frontal: „Dafür, dass du in einem brodelnden Topf voller Kacke sitzt, bist du ganz schön gut gelaunt."

„Ist doch nix Neues, dass das Wohlbefinden von der Wahrnehmung der Umstände abhängt und nicht von den Umständen selbst."

Diesen philosophischen Allgemeinplatz musste er aus einer Sendung aufgeschnappt haben, die nicht für ihn bestimmt war. Ich versuchte es weiter: „Und wie schaffst du es, die Kacke so wahrzunehmen, dass sie nach Veilchen duftet?"

„Tja, mein Geheimnis", grinste er breit, „vielleicht liegt's daran, dass ich mir keine allzu großen Sorgen mehr um die Konsequenzen mache."

„Womit wir bei mir wären. Warum", setzte ich an und verzichtete auf das 'verdammt nochmal', das mir auf der Zunge lag, „brauchst du meinen Beistand bei deinem letzten großen Abenteuer? Ich nörgle ständig herum – das macht mir übrigens Spaß, bin ein Klotz am Bein und komme nicht mal für meine eigenen Unkosten auf. Warum gibst du dir die Mühe, für mich das Laientheater mit der Dienstreise aufzuziehen? Gibt's denn keinen alten Kameraden von der Ostfront oder einen Zechbruder aus der Skatrunde, mit dem du dieses *Erlebnis* besser teilen könntest?"

„Bruno, Bruno", schüttelte Hans den Kopf und lachte, als hätte ich nichts verstanden, „du hast eben meine besondere Aufmerksamkeit verdient."

„Ist dir schon klar, dass du mich ganz schön in Schwierigkeiten bringst, ja?"

Nun schüttelte er sich heftig vor Lachen, während Bierwanst und Barhocker sich einer gemeinsamen Resonanzkatastrophe näherten: „Ja klar, ist mir schon klar", prustete er weiter und klopfte sich auf die Schenkel. Diese Art von Amüsement auf meine Kosten ging mir allmählich gegen den Strich. Mir fiel nicht mehr ein als eine lächerliche Drohung: „Ich fahre alleine zurück, von mir aus sofort. Wenn du weiter den Desperado von Moosach spielen willst – bitte. Was meinen Teil in der Geschichte angeht, das wird sich mit der Polizei schnell klären lassen."

„Soll ich dir den Koffer mitgeben? Dann hättest du 'was zum Vorzeigen!", gackerte er weiter. „Was willst du erzählen? Dass dich ein kranker alter Mann ohne Waffe entführt und drei Tage lang festgehalten hat? Ist doch albern!"

Natürlich hatte er recht. Wenn ich so bei den Sheriffs in München auftauchte, war ich einfach der Mimosenkomplize mit dem Nervenkostüm von C&A, den es einzulochen und weichzukochen galt. Ich musste zur Kenntnis nehmen, dass ich angesichts Hans' scheinbarer Harmlosigkeit gedankenlos bis zur Schmerzgrenze gewesen war. Für einen befreienden Reset war es jetzt eindeutig zu spät. Und er genoss seine Rolle als allmächtiger Showmaster in vollen Zügen. Sein Gesichtsausdruck änderte sich, von der Stammtischproletenvisage zu einer finsteren, ernsten Rächermiene: „Glaubst du, ich weiß nicht, welche Spielchen du getrieben hast, um mich aus dem Sessel zu heben? Stump hat das schon vor Monaten angedeutet, und er schien nicht einmal abgeneigt, diese Schweinerei mitzumachen."

Ein Anflug posthumer Hochachtung vor Stump überkam mich, während ich mich um einen überrascht-unschuldigen Gesichtsausdruck bemühte: „Hä? Wie meinst du das?"

„Stell dich nicht blöder, als du bist. Er hat mir selbst brühwarm erzählt, dass du mich bei ihm angeschwärzt und dich gleich als Nachfolger angebiedert hast."

„Ach, das hat also Stump, der Falschspieler und Hobbymafioso, vom Stapel gelassen", stellte ich süffisant fest. Jetzt war ich wieder in der Spur: „Und für dich ist das dann so, als wenn es in der Zeitung steht. Das nenne ich konsequent inkonsequent. Ist dir mal der Gedanke gekommen, dass er gerade auf der Suche nach einem geeigneten Vorwand gewesen sein könnte, um dich abzuservieren?", fragte ich, während ich zu schlucken versuchte, ohne den Kehlkopf zu bewegen. „Dass ihm dabei jedes Mittel recht war, dürftest du ja wohl am besten wissen." Vorteil Hirschfeld. Der Gegner schwieg für einige Sekunden, bis er zweifelte: „Trotzdem – warum ist er gerade auf deinen Namen gekommen?"

„Was fragst du mich das? Vielleicht fand er, ich sei der einzige in deiner Abteilung mit dem nötigen Potential?", gab ich zu bedenken und schob eilig nach: „Da er dich ja offenbar nicht mehr haben wollte!" Jetzt war es Zeit für einen wohldosierten Sturm der Entrüstung: „Und das war für dich Grund genug, mich in ein *Verbrechen"* - ich sprach das Wort genauso verächtlich aus, wie Derrick es getan hätte - „hineinzuziehen, das meine Existenz zugrunde richten kann? Findest du das angemessen?", fragte ich mit einem dezenten Tremolo in der Stimme.

„Ach", winkte er verächtlich ab, „wer fragt nach meiner Existenz?"

„Ziemlich verfahren, deine Lage, das sehe ich ein. Aber sei mal ehrlich: Kann ich etwas für deine Schulden oder gar für deine *beschissene* Krankheit?", fasste ich ihn am Arm und blickte mitfühlend drein. Es war kaum zu glauben, aber bei Hans schien dieses Plädoyer, das sogar mir selbst zu schmierig war, Wirkung zu zeigen. Es war der ideale Zeitpunkt, die nötige dramaturgische Pause mit einem Besuch in der Porzellanabteilung zu verbinden. Das meditative Plätschern einer defekten Spülung erfüllte den Raum, und als ich vor Erleichterung –

über meine diplomatischen Fortschritte bei Hans und die sich entleerende Blase – tief durchatmete, fiel mir ein: Ich musste dringend Linda anrufen! Dass die Fragmente meines finnischen High-Tech-Telefons einen hunderte Kilometer entfernten Straßengraben dekorierten, machte mein Vorhaben nicht einfacher.

Auf dem Rückweg fragte ich den Barkeeper nach einem *teléfono*. Wortlos zeigte er auf ein antikes Wählscheibentelefon im venezianischen Stil neben der Theke. Das Gerät arbeitete vermutlich noch mit einer Art stromloser Schallübertragung, denn Lindas Stimme aus dem fernen München war kaum wahrzunehmen: „Oh Mann, wo steckst du denn? Ich werde hier noch verrückt." Schön, mit etwas Phantasie und gutem Willen konnte man Sehnsucht heraushören. „Die Polizei war hier und hat die ganze Bude auf den Kopf gestellt. Kannst du dir vorstellen, wie peinlich so etwas ist, wenn unter den Augen der Nachbarn ein ganzer Trupp die Wohnung stürmt? Sie *fahnden* nach euch, verstehst du?"

Ihr akutes Imageproblem war drauf und dran, mir die gute Stimmung zu verhageln. Ich musste dagegenhalten: „Ich weiß jetzt, wer schuld daran ist. Hans, also Metzger, hat mir alles erzählt. Er hat einen abgrundtiefen Hass auf Stump geschoben, er ist verschuldet, und er hat nicht mehr lange zu leben."

„Soso ... Egal – wenn es so ist, warum bist du nicht längst zurück? Es gibt einiges, das du hier dringend klären musst."

„Es ist alles nicht so einfach! Ich habe mich schon abgesetzt, war bei der Spaghettipolizei, aber sie haben mich nicht verstanden oder mir nicht geglaubt oder beides. Jetzt sind wir wieder zusammen unterwegs."

„Weißt du, wie die das sehen? Je länger du bei ihm bleibst, umso verdächtiger wirst du. Außerdem ist er gefährlich! Ich mache kein Auge zu, seit ich weiß, was los ist."

Sie machte sich wirklich Sorgen um mich! Ich war überzeugt, jetzt würde ich alles ins Lot bringen: „Er ist alt und krank. Wir haben ziemlich viel geredet, und ich habe ihn langsam so weit. Gib mir noch ein paar Stunden. Er fährt mit mir zusammen zurück, und dann soll er alles erklären."

„Wann?"

„Morgen früh, hoffentlich."

„Mann, Bruno, beeil dich. Das ist kein Kino hier."

„Aber mindestens so aufregend."

„Ihr duzt euch also?", wechselte sie das Thema.

„Hä? Ja, Mensch! Das war schon vorher ... Was denkst du denn? Glaub mir – ich nehme ihn mit, und dann bringen wir die Sache zu Ende. Ich melde mich!"

Keine Frage, jetzt musste ich meinem Optimismus Taten folgen lassen. Der Anblick von Hans, der ausdruckslos in sein Grappaglas glotzte, während ich zu meinem Hocker zurückkehrte, war nicht ganz so ermutigend.

„Mit wem hast du gesprochen?", fragte er misstrauisch.

„Ich habe mein Handy sperren lassen. Vielleicht findet ja jemand die Teile und baut es wieder zusammen."

„Ich habe gerade den Barkeeper nach einem Hotel gefragt", berichtete Hans, „er hat abgewunken. Es ist alles zu hier um diese Jahreszeit. Da bleibt wohl nur noch das Hotel Senator", lachte er. Der Gedanke war zu schrecklich, um mich mitlachen zu lassen.

17

Gleißendes Licht durchflutete unser fahrbares, mit Frühtau überzogenes Doppelzimmer. Ein unverkennbar italienischer Feuerball erhob sich majestätisch über der Riviera di Levante. Die rollenden Stundenhotels vom Vorabend hatten den Parkplatz verlassen. Der kranke Fleischhaufen neben mir gab im Schlaf unappetitliche Geräusche von sich. Ich fühlte mich wie frisch gebügelt, und obwohl meine Gelenke über Nacht festgerostet waren und ich kaum noch eine kontrollierte Bewegung meiner Beine zustande brachte, stieß ich die Beifahrertüre auf und wankte, benommen vor Müdigkeit und von der ungewohnt frischen, eisigen Luft, auf die Uferpromenade. Eine sanfte Brise war dabei, den restlichen Dunst über dem Wasser hinwegzupusen. Der Anblick war selbst für einen nüchternen Faktenfan wie mich beeindruckend, und ich war froh, ihn alleine genießen zu dürfen. Dieser Tag konnte nur großartig werden. Ich fühlte mich in der Lage, die Welt zu retten, und wollte bei mir selbst anfangen.

Der langsam wieder aufbrandende Verkehr auf der Uferstraße hinter mir übertönte das Plätschern der Wellen ebenso wie den heran schlurfenden Hans, der sich neben mir postierte und den die Kulisse nicht minder beeindruckte: „Weißt du jetzt, warum ich hierher wollte?", schrie er mir ins Ohr.
„Ja, wegen der Romantik an diesem stillen Ort, gell?", brüllte ich zurück. „Wie wär's mit Frühstück?"

Wir stellten den Wagen an der Promenade im Zentrum ab und landeten in der gleichen Bar, die uns am Abend zuvor so fürsorglich mit Grappa versorgt hatte.
„Ist es nicht traurig, dass ein Volk, das so viele kulinarische

Meisterwerke hervorgebracht hat, nicht in der Lage ist, ein vernünftiges Frühstück zu servieren – mit Brot, das den Namen verdient, Rührei, Käse ... Diese Teilchen sind ja nicht verkehrt, aber nach drei Tagen kann man sie nicht mehr sehen!", sinnierte Hans.

„Mein Reden!", stimmte ich eilig zu, „Stell dir vor, du trittst eines Morgens ab aus dieser grottenschlechten Daily Soap namens Leben – entschuldige, dass ich es auf den Punkt bringe – und das Letzte, was du zu dir genommen hast, war so etwas hier!" Dabei wedelte ich abfällig mit der Teigskupltur in meiner Hand, nicht mehr als eine optische Hommage an die deutsche Semmel.

„Ach, erinnere mich nicht daran", seufzte er.

„Komm schon, was soll dir passieren? Du erzählst den Münchner Carabinieri, wie es war, zeigst ein bisschen Reue ... Es dauert ein paar Monate, bis die Ermittlungen abgeschlossen sind. Keine Fluchtgefahr, und dann dein Zustand – da geht doch gar nichts anderes als Haftverschonung! Und was danach kommt", ich zögerte einen Moment, bevor ich den Satz vollendete, „kann dir doch egal sein! Stell dir mal vor: Wir sitzen morgen früh um diese Zeit im Mariandl am Beethovenplatz und genießen eines der besten Frühstücke südlich der Landsberger Straße!"

„Wenn du das mal nicht zu optimistisch siehst", orakelte Hans.

„Was dagegen, wenn ich fahre?", fragte ich scheinheilig, während wir zurück zum Wagen schlenderten. „Du siehst aus, als könntest du noch eine gehäufte Mütze Schlaf gebrauchen."

Hans schien nicht begeistert von der Vorstellung, die Kontrolle aus der Hand zu geben, aber seine Kampfbereitschaft war gebrochen; die Rebellion neigte sich ihrem Ende entgegen. Ich reihte mich in den Strom der Fahrzeuge ein, ohne nach dem richtigen Weg geschaut zu haben. Mein lethargischer Beifahrer machte keine Anstalten, mich zu unterstützen, doch der innere Kompass zeigte unbeirrbar in Richtung Norden, hinein in die ligurischen Berge. Wir verließen die hektische Küste und schraubten uns immer weiter hinauf, durch endlose Vorortgeschwüre mit unverbaubarem Meerblick, vorbei an verlassenen Gehöften und lichten Kastanienwäldern, schließlich hinweg über die Grenze menschlicher Besiedlung. Die Begegnungen mit Fiat-Piloten beim italienischen Roulette, Linkskurve ohne Sicht auf der Innenbahn, wurden allmählich seltener. Immer wieder öffnete sich in den Serpentinen der Blick auf das maritime Amphitheater. In einer über den Abhang ragenden Haltebucht ließ ich den Wagen ausrollen, Kies knirschte unter den Reifen. Vielleicht wollte ich Hans noch einen letzten Blick gönnen; in erster Linie aber versuchte ich, dieser Reise so kurz vor ihrem Ende selbst noch etwas abzugewinnen. Doch er sank schon in Richtung Tiefschlaf, also stieg ich aus und gönnte mir eine Auszeit von der stickigen Atmosphäre des Krankentransporters.

Das laue Lüftchen von der Küste war bis hier oben zu einer steifen Brise angewachsen, die giftig durch die kahlen Bäume rauschte. Das ligurische Meer lag in der Morgensonne wie eine Wüste aus brennendem Lametta. Es war nicht zu leugnen: Ich hatte gewonnen – mal wieder. Ich hatte das tiefste Tief meines bisherigen Werdegangs auf Erden, ausgelöst durch die Endzeitphantasien eines bösartigen, hinterhältigen Wichts, in gewohnt professioneller Manier bewältigt. Jetzt galt es, die Früchte meines kaltblütigen Krisenmanagements zu ernten. Ich hatte keine Zeit zu verlieren, also stieg ich wieder in den Wagen, wo eben dieser Wicht weiter bewegungslos in seinem Sitz verharrte. Er würde doch nicht womöglich, jetzt, wo ich ihn soweit hatte ...

Ich konnte mir nichts Schlimmeres vorstellen als einen Hans, der sich in den nächsten Stunden entschloss, seinen Löffel in den großen Besteckkasten des Lebens zurückzulegen. Ich beugte meinen Kopf weit hinüber – nein, sein säuselnder Atem war immer noch zu hören. In diesem Moment schmatzte er lautstark, öffnete die Augen und war einigermaßen verwundert über meine Annäherung.

„Alles frisch?", fragte ich fröhlich wie ein Animateur vom Malteser Hilfsdienst.

„Ja, ja, alles bestens. Ich fühle mich gut", bestätigte Hans. Dann saß er schweigend neben mir, um einige endlose Minuten später eine Art endzeitliches Resümee einzuleiten – dass ihm die Schwierigkeiten, die er mir machte, leid täten, und dass es allmählich Zeit für ihn werde, reinen Tisch zu machen. Dieses pathetische Abschiedsgejammer nervte nicht nur, es machte mir wirklich Sorgen. War es nicht so, dass Todkranke eine Art sechsten Sinn hatten, der ihnen sagte, wann es zu Ende ging? Oder gab es das nur in Hollywood?

„Jetzt mach mal halblang, du hast noch genug Gelegenheit für deine Memoiren. Denk daran, wir beide morgen früh im Mariandl!", lenkte ich ihn ab, während ich insgeheim eher an ihn alleine heute Abend im Polizeipräsidium dachte. Je schneller ich fuhr, umso geringer war die Gefahr, dass er vor dem rettenden Geständnis in die ewigen Jagdgründe einzog. Getrieben von einer Mischung aus Vorfreude und Panik, bereichert um die Erkenntnis, dass der direkte Weg nicht immer der schnellste war, jagte ich den müden Senator immer weiter durch den Apennin. Die Kehren, Anstiege, Brücken, Pässe nahmen kein Ende. In jeder Kurve sangen die Pneus leise ihr monotones, unheilvolles Lied.

Das Klacken des sich öffnenden Türschlosses, ein plötzlich laut anschwellendes Fahrgeräusch auf der Beifahrerseite rissen mich aus meiner Konzentration auf die scharfe Linkskurve. Mein Kopf zuckte nach rechts, meine Augen nahmen gerade noch schemenhaft wahr, wie Hans' geschwollene Beine aus der Tür schlüpften, die durch die Fliehkraft vollständig aufgerissen worden war. Unfähig, wieder auf die Straße zu schauen, starrte ich fassungslos auf die Felsen auf der anderen Seite der Schlucht, die plastisch wie in einem 3D-Kino an der klaffenden Türöffnung vorbeizogen. Dann ein dumpfer, metallischer Schlag, splitterndes Glas, ein massiver Begrenzungspfosten, der die Tür erbarmungslos zurückkatapultierte, näherungsweise dorthin, wo sie im geschlossenen Zustand gewesen war. Dann der Blick wieder nach vorne, wo eine nicht weniger scharfe Rechtskurve unbeirrt auf uns zurollte, jetzt nur noch auf uns beide, den Senator und mich, und die nüchterne Feststellung, dass die Räder noch geradeaus zeigten, während die Steinmauer auf der linken Seite uns bedrohlich auf die Pelle rückte. Verzweifeltes Reißen am Lenkrad, Reifen, die sanft über den Rollsplitt glitten wie über ein Meer aus Glasmurmeln, dann ein nachdrückliches Knirschen, rostrot lackierter Stahl aus Rüsselsheim gegen schwarzen ligurischen Granit, ein ungleicher Kampf mit eindeutigem Sieger. Ein Mauervorsprung, der lässig den Außenspiegel pulverisierte. Der Wagen beendete den Tanz mit einem beherzten Hüftschwung in die Spitzkehre hinein und kam diagonal in die Fahrbahn ragend zum Stehen. Noch bevor sich der Staub gelegt hatte, stieg ich aus. Wie in Trance rannte ich zurück. Selbst zu Fuß waren diese Kurven verdammt eng. Keuchend erreichte ich die Stelle, an der Hans herausgefallen war. Rote Lackspuren an dem Betonpfosten einige Meter weiter zeigten mir, dass ich hier richtig war. Gefallen? Wie wahrscheinlich war es, dass er gerade hier aus Versehen am Griff gezogen hatte? Dass er gerade jetzt, entgegen seiner üblichen Gepflogenheit, nicht angeschnallt gewesen war? Hätte er nicht geschrien, verzweifelt versucht, sich an der aufschwingenden Tür festzuklammern? Nein, es gab nur diese eine Erklärung: Dass er diesen Behelfsausstieg selbst gewählt, sich in einem letzten Kraftakt mit Hilfe der Physik aus dem Wagen gewuchtet hatte. Ich beugte mich wagemutig über die Böschung, schaute in die Tiefe wie ein Junkie, dem das gerade erworbene Tütchen über dem Gully aus der Hand gerutscht war. Ein absurder Gedanke, ihn dort unten entdecken zu wollen. Selbst wenn er ein Bierzelt mit in die Tiefe gerissen hätte, von hier oben wäre nichts zu sehen gewesen. Der Blick irrte durch verkrüppelte Vegetation und endete jäh an einem Felsüberhang. Wer nicht ähnlich lebensmüde war wie er selbst, kam nicht einmal im Vollrausch auf die Idee, abzusteigen und sich auf die Suche zu machen. Selbst wenn ich ihn finden würde – er oder das, was der Sturz aus ihm gemacht hatte, war definitiv nicht mehr in einem geeigneten Aggregatzustand, um eine polizeilich verwertbare Aussage zu machen.

Alles um mich herum begann sich zu bewegen. Kochendes Blut wurde wild durch meinen Schädel gepresst; Rauschen und Knattern beherrschten meine Ohren. Aus dem Nichts tobte plötzlich ein gewaltiger Sturm durch die enge Schlucht, schleuderte Laub und Äste umher und trieb eine Staubwolke vor sich her. Wow, staunte ich anerkennend, wer immer das hier inszeniert hatte, er besaß ein Gespür für großes Kino. Sand rieselte mir in die Augen, als ich nach oben blickte. Erst jetzt erkannte ich, dass das Dröhnen, das Rauschen, der Sturm real waren und nicht das Produkt meines adrenalinschwangeren Geisteszustandes. Keine fünfzig Meter über der Straße stand ein Helikopter am Himmel, bedrohlich und glänzend wie eine zum

Giganten mutierte Libelle. Die Chance, dass über mir Touristen schwebten, um die Schönheit des Nichts in dieser zerklüfteten Einöde zu bewundern, stand eins zu einer Million. Es konnte sich nur um eine staatliche Eliteeinheit handeln, höchstens noch um sensationsgeile Reporter eines Privatsenders; jedenfalls irgendwas aus dem Hause Berlusconi. Womöglich war uns das fliegende Auge schon auf unserer Fahrt in den Canyon gefolgt, hatte beobachtet, wie sich mein Alibi aus dem fahrenden Wagen in die Schlucht gestürzt hatte. Jetzt klebte es am Firmament, kalt und teilnahmslos angesichts meiner verzweifelten Lage, und ging mir gewaltig auf die Nerven. Instinktiv wollte ich mit den Armen fuchteln und es wie eine lästige Schmeißfliege vertreiben, doch ich stellte mir vor, wie lächerlich das von oben gesehen wirken musste, und ließ es sein. Ohne zu wissen, wohin ich wollte, hastete ich zurück zum Wagen, die Augen gegen den herumwirbelnden Staub geschlossen. Ich stolperte über ein Schlagloch, schrammte über den Asphalt, fiel aufs Gesicht, stemmte mich wieder hoch und lief weiter. Der geschundene Senator stand in der Kurve, einer Playstation entsprungen, volle Auflösung, Schadensmodus hundert Prozent, durch meine Drifts geadelt zum Fluchtwagen. Ich war der Fahrer, der Gangster, zu allem entschlossen, verwegen, furchtlos und offensichtlich kurz davor, den Verstand zu verlieren. Ich stieg ein, sah an mir hinunter. Seit wann trug ich eine rote Krawatte? Sie war halb durchsichtig, dahinter konnte ich die Karos meines Hemdes erkennen. Ich fasste sie an; sie war warm und triefend nass, und sie wurde immer länger und breiter. Ich tastete weiter nach oben. Der Stoff, aus dem diese Krawatte gemacht war, tropfte mir vom Kinn, lief mir über den Mund, quoll aus meiner geschwollenen Nase, die zu glühen schien, als ich sie anfasste. Ich tastete nach der Wasserflasche im hinteren Fußraum, schüttete mir den Inhalt übers

Gesicht, um es zu kühlen, warf die Flasche wieder nach hinten. Ich musste weg hier, weiter. Diese verfluchte Schlucht war kein Ort, um ein bisschen zu verweilen, soviel stand fest. Ich ließ den Motor an und gab dem alten Bock die Sporen. Immer wieder starrte ich zwischen den Kurven in den Innenspiegel, konnte nicht glauben, dass noch keine Streifenwagen zu sehen waren, drehte mich um, sah das gleiche Bild, wunderte mich, dass nun alles seitenverkehrt war. Ein erster Höhenzug war überwunden; die eigene Masse sog den Wagen jetzt mit Macht talwärts. Ich bediente die Pedale wie ein Klavierspieler beim Boogie Woogie, Gas bis aufs Bodenblech auf den wenigen geraden Abschnitten, Verzögern fast bis zum Stillstand in aberwitzig engen Spitzkehren. Ich hatte zwar kein Ziel, aber trotzdem höchste Eile. War das schon meine eigene Flucht? War dieser Gedanke wirklich so abwegig? Warum sollte ich mich freiwillig Fragen aussetzen, die ich nicht beantworten konnte, zu einem Verbrechen, mit dem ich nichts zu tun hatte? Ich war ein würdiger Nachfolger von Dr. Kimble. Was mich von ihm unterschied, war erstens, dass ich den wahren Täter nicht mehr jagen musste. Und zweitens, dass der nichts mehr zu meiner Entlastung beitragen konnte. Also doch zurück zu Linda, dann hinein in die Mühlen der Bürokratie, auf den langen, mühsamen Weg zum Nachweis der eigenen Unschuld. Lebte ich nicht in einem freien Land, wo jedem Bürger unveräußerliche Rechte zustanden, wo die Behörden alles taten, um der Gerechtigkeit zum Durchbruch zu verhelfen? Aber halt, dies war nicht Amerika. Das hatte andererseits den Vorteil, dass ich nicht Gefahr lief, aus Versehen durch eine Überdosis richterlich verordneter Hochspannung zur Strecke gebracht zu werden.

Ich war verwirrt, raste weiter, meinte, immer noch das Knattern des Hubschraubers über mir zu hören. Dann eine Abzweigung, ein Schild, das nach links wies, fünf Kilometer bis nach Montebruno. Da musste ich hin – Bruno fuhr nach Montebruno, haha, wie originell! Ein langgezogenes, gottverlassenes Tal, ein paar letzte Serpentinen, freier Blick auf den Ort, den sie nach mir benannt hatten, noch einmal hinein in den Wald, eine letzte Spitzkehre, dann eine steile, gerade Abfahrt. Dort unten, vor der Kurve in den Ort hinein, standen sie, von weitem zu erkennen. Nicht das ganz große Aufgebot, aber immerhin: zwei blaue Streifenwagen der Carabinieri, Heck an Heck quer über die Straße geparkt. Das sprach dafür, dass sie mir einiges zutrauten. Meine letzten Sekunden in Freiheit, sinnierte ich lächelnd, blickte aus dem Seitenfenster, blinzelte. Durch lichte Baumreihen warf die Sonne flirrende Schatten auf den Wagen. Der verwitterte Friedhof von Montebruno zog zur Linken vorbei, ein stilles, heiteres Bild. Ich kurbelte die Scheibe herunter, inhalierte die kühle, mit dem Geruch von Moos, Stein und Erde gesättigte Luft, während das Zwitschern des Keilriemens von der Friedhofsmauer barsch zurückgewiesen wurde. Nur noch wenige Dutzend Meter; es war Zeit, sich auf das Unvermeidliche vorzubereiten. Ich trat auf die Bremse, wie ich es an diesem Morgen schon so oft geübt hatte, doch das Gefühl war anders, glich eher dem Fehltritt in einen weidefrischen Kuhfladen. Panisch umkrallte ich das Lenkrad, trat wieder und wieder auf das Pedal. Widerstrebend verlangsamte der Koloss fast unmerklich die Schussfahrt, ein beißender Schmorgeruch zog jetzt durch das geöffnete Fenster herein. Die blauen Barrieren rückten bedrohlich näher. Jetzt verstand ich, wie sich Lokführer, Tankerkapitäne fühlen mussten, wenn der Einschlag gefühlte Ewigkeiten entfernt und doch unvermeidbar war. Dann der Gedanke an die Handbremse, ein beherzter Ruck, kalte Überraschung über die homöopathische Wirkung. Immerhin hatte ich das Tempo auf Innenstadtniveau gedrosselt, als ich die Straßensperre erreichte.

Stolze Carabinieri, die mir gerade eben noch, lässig gegen ihre Motorhauben gelehnt, in die Augen geblickt hatten, brachten sich durch gezielte Hechtsprünge in Sicherheit, während ich versuchte, die Mitte zwischen beiden Fahrzeugen zu treffen. Dann der dumpfe Knall, weniger laut als erwartet, als die Front des Senator die Ärsche der Alfas traf und beide synchron eine Vierteldrehung entgegen meiner Fahrtrichtung wuchtete. Zuverlässig unterband der Sicherheitsgurt, den ich aus übermächtiger Gewohnheit wieder angelegt hatte, meinen Flug durch die Windschutzscheibe. Der Schwung reichte nicht aus, um durchzubrechen; alle drei Vehikel kamen ineinander verkeilt auf ganzer Straßenbreite zum Stehen. Dann hektisches Treiben, drei Beamte, die über die demolierten Polizeiwagen kletterten und mich durch die geöffnete Seitenscheibe in die Läufe ihrer Dienstwaffen blicken ließen, zwei Uniformierte und ein Zivilist vom Typ Corrado Cattani. Barsch forderten sie mich zum Aussteigen auf, was sich als schwierig erwies, da mein Griff zum Gurtschloss bereits als feindlicher Akt gewertet wurde, der Cattani nervös am Abzug seiner Pistole spielen ließ.

Dann ging alles sehr schnell: Büßerhaltung über der Motorhaube, ein Polizist, der meine gespreizten Beine nach Waffen abstete – nach meinem Empfinden einen Tick ausführlicher, als es die Dienstvorschrift verlangte. Zu meiner Enttäuschung wurden mir die klassischen Handschellen mit dem satten Klick beim Einrasten vorenthalten; stattdessen zurrte man mir eine Art Kabelbinder um die Gelenke, was sich als mindestens

146

ebenso wirkungsvoll erwies. Ich durfte zusehen, wie man sich vor Ort daran machte, das Gepäck zu inspizieren. Als erstes war meine Reisetasche dran, und schon der Griff in das erste Außenfach zauberte Cattani ein triumphierendes Grinsen ins Gesicht. Er zog ein dickes Bündel Scheine heraus und wedelte mir damit vor der Nase herum. Wer auch immer mir das Geld in die Tasche geschmuggelt hatte – Kommissar Corrado Copperfield auf der Suche nach dem nächsten Karriereschritt oder Hans, der bei seinen Bemühungen, mich ebenfalls in den Abgrund zu reißen, nichts dem Zufall überlassen hatte – er hatte mir einen Strick mit doppeltem Sicherheitsknoten und Qualitätssiegel gedreht. Die verzogene Hecktür eines der beiden Alfas wurde aufgewuchtet, ich wurde unsanft hineingestoßen, und die Reise ging weiter, einem unbekannten Ziel entgegen, aber definitiv abwärts.

18

Zwei gewaltige Donnerschläge reißen mich aus meinem Schlummer. Ein Befreiungsversuch der Volksfront 'Gerechtigkeit für Bruno Hirschfeld', schießt es durch mein mattes Hirn. Ich springe auf - doch dann Luftheuler, jede Menge billiges Flackerfeuerwerk aus dem Drogeriemarkt erleuchtet den Nachthimmel. Also doch nur ein paar Dönerspießdreher aus der Nachbarschaft, die es *voll korrekt* finden, Chinaböller über die Mauer der Anstalt zu schmeißen, jene Mauer, die mich mehr schlecht als recht vor den Gefahren der Welt dort draußen schützt. Das neue Jahr ist da, herzlich willkommen und vielen Dank schon mal, ein gelungener Einstand. Ich habe seine Ankunft verpennt und trotzdem nichts verpasst. Nach einer halben Stunde ebbt das Geballer allmählich ab, und ich finde zurück in den Schlaf.

Als es hell wird, darf ich schon wieder antreten. Kaum zu glauben – es ist Neujahrsmorgen, und Vettermann hat nichts Besseres zu tun, als schon wieder mit mir über „den Fall" zu plaudern. Gibt es Studien über die soziale Verkrüppelung von Kriminalkommissaren? Er wäre ein ideales Untersuchungsobjekt. Vielleicht hat er auch meinen Scherz von neulich, er habe das Zeug zum Polizeipräsidenten, allzu ernst genommen. Ich weiß nicht, was von beidem bedauernswerter ist. Immerhin: Künzl ist nicht mit von der Partie, und alleine dafür bin ich ihm schon fast dankbar.

„Der erste Fall, Stump, ist für mich geklärt: gemeinschaftlicher Mord. Der Staatsanwalt wird das ähnlich sehen. Vor Gericht kommen Sie ohne Vorstrafen vielleicht mit Beihilfe durch, wenn Sie Glück haben. Den zweiten, nämlich den gewaltsamen

Tod von Metzger, müssen wir noch näher beleuchten. Da wird es richtig bitter. Die Sache in der Firma können Sie vielleicht noch mit einem einmaligen Ausrutscher erklären, aber den Komplizen so kaltblütig auszuschalten – das hat eine ganz andere Qualität."

„Gibt es nicht die drei klassischen Annahmen, Mord, Selbstmord, Unfall? Und da schließen Sie die letzten beiden mal eben aus, weil das nicht in Ihr Weltbild passt."

„Ich werde Ihnen mal sagen, was nicht in mein Weltbild passt: Ein Gespann von Gelegenheitskriminellen, die Kopf und Kragen riskieren, um an Geld zu kommen, und als sie es geschafft haben, springt der eine mal eben in die Schlucht, weil er keine Lust mehr hat."

„Metzger hatte ein kapitales Krebsgeschwür im Endstadium, da war nichts mehr zu retten. Ich lege Wert darauf, dass das in Ihren Unterlagen dokumentiert wird."

„Ja doch, ist schon obduziert worden. Die Italiener haben den Bericht geschickt; er hatte ein Karzinom, von Endstadium stand aber nichts drin."

„Das ist entscheidend, weil es ein Suizidmotiv ist."

„Es ist belanglos. Ich sage Ihnen auch, warum: Die Besatzung des Polizeihubschraubers hat beobachtet, wie Sie Metzger aus dem Wagen geworfen haben. Und das wird sie vor Gericht bezeugen."

Langsam werde ich ungehalten: „Ich kann mich nicht erinnern, dass die Herren sich heimlich auf die Rückbank abgeseilt haben. Wie erkennt man so etwas aus hundert Metern Höhe?"

„Der Fall ist doch klar: Sie waren auf der Flucht, unter Stress, es gab Streit, vielleicht über die richtige Strategie, vielleicht über die Verteilung der Beute … Metzger wird handgreiflich, schlägt Ihnen ins Gesicht – deswegen auch Ihre lädierte Nase", sagt Vettermann und kann sich ein Grinsen nicht verkneifen.

„Ich bin gestürzt, auf dem Weg von der Absturzstelle zurück zum Wagen", erwidere ich und merke, dass es nicht glaubhaft klingt, noch bevor ich den Satz vollendet habe. Ich versuche es anders: „Wie soll das denn gehen? Ich kämpfe mit ihm, öffne sein Gurtschloss, greife hinüber an seinen Türgriff, stoße die Tür auf, wuchte ihn `raus, während er sich wehrt, und nebenbei zirkle ich noch das Auto durch die Serpentinen?"

„Das erklärt, warum Sie die Kontrolle über den Wagen verloren haben."

Allmählich wird mir klar, was ein Kommissar braucht, um erfolgreich zu sein. Keinen Spürsinn, keine Kombinationsgabe, nicht einmal den Zufall. Grenzenlose Sturheit, gepaart mit der Fähigkeit, sich alles so zurechtzubiegen, dass es in die eigene Version der Geschichte passt, reicht völlig aus. Und er setzt noch eins drauf: „Es kommt noch eine weitere unangenehme Sache auf Sie zu. Sie haben auf ihrer weiteren Flucht zwei Polizeiwagen gerammt und mehrere Beamte in Lebensgefahr gebracht. Ich persönlich sehe das nicht ganz so dramatisch, für mich ist das eher eine Affekthandlung. Aber die italienischen Kollegen verstehen da überhaupt keinen Spaß", zuckt er mit den Schultern, „wenn es um Widerstand gegen die Staatsgewalt und vorsätzlichen Angriff auf Polizisten geht."

„Die Bremsen waren völlig hinüber, deswegen konnte ich nicht rechtzeitig anhalten. Der Wagen muss doch untersucht worden sein!" Ich merke, wie leise Panik in mir aufsteigt.

„Ja, natürlich! Das haben die Kollegen in Genua gemacht. Da sich das alles nun mal dort unten abgespielt hat, sind die zuständig. Wir haben da keinen Einfluss drauf. So sind nun mal die internationalen Vereinbarungen. Und in dem Bericht steht nichts von defekten Bremsen. Die verstehen da keinen Spaß", wiederholt er sich, während er planlos in einem italienischen Schnellhefter herumraschelt, „das kann ich Ihnen versichern!"

„Ich bin müde", sage ich. Vettermann ignoriert mein Klagen, schwadroniert weiter über Tatmotive erster und zweiter Ordnung und die Eigendynamik des Geschehens, die mich immer weiter in einen Strudel des Verbrechens gezogen habe. Ich döse mit offenen Augen vor mich hin, bis er plötzlich fragt: „Was ist eigentlich mit Ihrem Anwalt – Gruber, Grubner oder wie der hieß? Sie werden ihn dringend brauchen, wenn Ihre Verhandlung beginnt. Andererseits – was interessiert es mich, wenn Sie sich nicht helfen lassen wollen?"

„Erstens: Grubner ist eine monumentale Pfeife. Ich helfe mir lieber selber, bevor ich mich von ihm noch weiter in die Scheiße reiten lasse. Und zu Ihrer zweiten Frage: Kann ich Ihnen auch nicht sagen."

Jetzt schaut er wieder beleidigt, beinahe angewidert. Mit einer abfälligen Handbewegung weist er den bernhardinergleich dreinblickenden Vollstrecker, der schon die ganze Zeit in der Ecke steht, an, mich zurück in mein trautes Heim auf Zeit zu bringen.

Das noch taufrische Jahr hat schon jetzt das Zeug dazu, selbst einer notorischen Stimmungskanone wie mir in die Parade der guten Laune zu fahren. Objektiv gesehen ist meine Lage reichlich verfahren, um nicht zu sagen, aussichtslos. Grubner hat es verpennt, Vettermanns fadenscheinigen Theorien auf den Grund zu gehen, die Italiener werden sowieso alles tun, um mich in die Pfanne zu hauen, nachdem ich ihre Alfas demoliert habe und schuld daran bin, dass ihre Uniformen schmutzig geworden sind, und der Pflichtverteidiger, der mir nach Grubner wohl ins Haus steht, wird ähnlich engagiert sein wie der FC Bayern beim Benefizspiel zugunsten grobmotorischer Sonderschüler gegen den TSV Tittmoning.

Ich beschließe, meinen Eltern die längst überfällige Antwort auf ihren persönlichen Brandbrief zu schreiben:

Liebe Gerlinde, lieber Bernd!

Es macht mich nicht minder traurig und betroffen, Euch vor meinem geistigen Auge Trübsal blasend auf dem heimischen Sofa sitzen zu sehen. Auch mich beschäftigt die Frage, ob die Wurzeln meines Verhaltens in der frühkindlichen Entwicklung zu finden sind. Waren es die ungezählten Abende, die ich mit Dir, Bernd, im Schützenverein verbringen durfte, um Dich in Deinem Bierkoma schließlich zu Fuß nach Hause zu navigieren? War es die düstere Schrankwand mit ihren diabolischen Schnitzereien, die Spuren in meiner Seele hinterlassen hat, im Wohnzimmer Deiner Eltern, das mir allzu oft als Behelfsspielplatz diente? Auch der Anstaltspsychologe hat das noch nicht herausgefunden.

Jedenfalls bin ich froh, dass ich hier sein darf, damit rechtschaffene Bürger wie Ihr ruhig schlafen können. Es geht mir den Umständen entsprechend gut, auch wenn ich gelegentlich Menschenfleisch auf dem Speiseplan der Kantine vermisse. Macht Euch bitte keine allzu großen Sorgen um mich. Wenn ich – nach einer hinreichend langen Zeit der Besinnung – in die Freiheit zurückkehre, dann mit hochfliegenden Plänen für meine Zukunft. Es gibt so viele Beete im blühenden Garten der Kriminalität, die ich noch nicht bestellt habe – terroristische Sommercamps in der Fröttmaninger Heide, Giftanschläge auf Volksmusikanten, für jedermann erschwingliche Kinderprostitution – seid versichert, ich werde meinen Weg finden.

Mit hoffnungsvollem Gruß
Euer Bruno

Ich beschrifte den Umschlag, lese den Text noch einmal durch, halte kurz inne – und reiße das Papier in tagliatellebreite Streifen. Erstens kann man nie wissen, wer sich hier im Hause durch den Postausgang schnüffelt, und zweitens ist soviel geballte Ironie für meinen Vater womöglich Anlass genug, den Staatsschutz einzuschalten. Der Spaß ist mir vergangen.

Ich werfe mich auf meine Pritsche, starre an die Decke und stelle fest, dass sich dieser Tag nicht zu meiner Zufriedenheit entwickelt. Die Verhandlung rückt näher, Vettermann fügt eifrig Halbwahrheiten zu einem bizarren Puzzle zusammen, und Hilfe ist nicht in Sicht. Ich habe Linda gleich mehrmals gebeten, nach einem besseren Anwalt zu suchen, aber sie ist mit Grubner „sehr zufrieden" und muss es ja wissen, denn sie steht mit ihm in „engem Kontakt". Vielleicht ist mein Fall bei diesem Kontakt nicht mehr das entscheidende Kriterium, wenn es um die Bewertung der Zufriedenheit geht? Nicht auszudenken, wenn er, der Nadelstreifen und Gel gewordene Traum sexuell frustrierter Schwiegermütter, Lindas oft zitierter, nur in unseren Späßen für möglich gehaltener Hausfreund wäre! Andererseits: Wie tief bin ich gesunken, dass ich mich nun schon in der gleichen Liga einordne wie diesen in *Joop!* marinierten Frauenschreck? Trotzdem, der Gedanke ist abscheulich. Gleichzeitig bestürzt mich, dass ich Linda überhaupt so viel Geschmacklosigkeit zutraue. Welche Abgründe tun sich in mir auf?

Meine Siesta nach dem Mittagessen wird jäh gestört. Wieder steht der Vollzieher mit dem Bernhardinerblick in der Tür. Genervt rolle ich mit den Augen in der Annahme, dass Vettermann mal wieder ein Detail fürs Kleingedruckte in seinem Bericht vergessen hat. Doch Bernie, so nenne ich ihn inzwischen im Stillen, führt mich woanders hin, in den Besuchertrakt. Es herrscht reges Treiben, und ich frage mich, wem ich die Ehre zu verdanken habe. Linda schließe ich aus; sie war erst letzte Woche hier und hat heute definitiv Dienst. Der Schichtplan ist ihr heilig. Vielleicht ein Sensationsreporter von der tz, der über den ersten Angeklagten berichten will, der nach Murphys Gesetz verurteilt wird.

Ich staune nicht schlecht, als ich aus meinem Teil des Aquariums blicke: Kathrin sitzt auf der anderen Seite der Glasscheibe, adrett gekleidet und geschminkt, und lächelt mir süß wie Saccharin entgegen. Dafür, dass sie vor kurzem ihren Ehegatten und Ernährer verloren hat und jetzt dessen mutmaßlichem Killer gegenüber sitzt, spricht sie erstaunlich fröhlich in ihr Mikrofon: „Hallo, Bruno! Ich wollte mal schauen, wie es dir geht!", sagt sie leise und fährt sich verlegen durchs Haar.
„Bist du sicher? Soll ich dir erzählen, was man mir hier zutraut? Bin gespannt, ob du dann immer noch wissen willst, wie's mir geht."
„Ach, die haben doch keine Ahnung", winkt sie verächtlich ab.
„Hast du denn eine?", will ich wissen, und mir fällt wieder ein, dass ich guten Grund habe, verdammt sauer auf sie zu sein: „Ist dir eigentlich klar, was von deiner Aussage abhängt – über diesen Dienstagabend? Ich stand um halb acht vor deiner Tür, und wenn du das nicht bestätigen kannst, bin ich geliefert!"
„Ach so, das meinst du", sagt sie in völlig unangemessener Gelassenheit. „Ja, das kann ich schon bestätigen, wenn du willst." Während sie vor sich hin murmelt, lächelt sie so unschuldig, dass keiner der Aufpasser im Raum auf die Idee kommt, wir könnten über ihre Aussage sprechen. Sie fährt nicht weniger freundlich fort: „Genauer gesagt, deswegen bin ich eigentlich hier. Ich möchte dir 'was vorschlagen."

Wie bitte? Jetzt wird's interessant. Sie wartet auf meine Reaktion, aber ich verharre in Schweigen.

„Hans hat mir Geld von Stump hinterlassen." Das klingt, als habe er es ihm vererbt. Sie kann unbequeme Fakten gut ausblenden, das muss man ihr lassen. „Es ist ziemlich viel. Reicht, um die Schulden für das Haus zu bezahlen, und noch für einiges mehr."

„Haben die nicht gesucht bei dir?"

„Ja, klar. Aber Hans hatte es gut deponiert."

„Tja, dann kannst du dir ja jetzt eine neue Eckbank kaufen. Und ein sorgenfreies Leben dazu. Da bleibt mir nur, dir alles Gute zu wünschen", erwidere ich leicht verärgert und frage mich, was das alles mit mir zu tun hat.

Sie dreht sich um und schaut mit der Unschuld der Jungfrau Maria den Beamten an, der hinter ihr patrouilliert. Als er außer Hörweite ist, wird sie konkret: „Ich bin jetzt Witwe. Und ich brauche wieder einen Mann." Das klingt irgendwie nymphomanisch, denke ich mir, und im selben Moment sagt sie: „Und die Kinder einen Vater." Ihre sanftmütige Entschlossenheit macht mir Angst, und jetzt kann sie auch noch Gedanken lesen. Ich sammle mich wieder: „Warum versuchst du's nicht mit einer Kontaktbörse? Da gibt es ein tolles Angebot heutzutage, gerade online!"

„Verstehst du nicht? Es geht um wahre Liebe!", tuschelt sie und formt einen Kussmund. Langsam wird mir klar, wo der Hase läuft. Trotzdem stelle ich mich ahnungslos: „Schön – wenn du zwanzig Jahre Zeit hast, können wir drüber reden."

„Ich kann meine Aussage präzisieren."

„Du vergisst, dass sie mir auch Hans' Tod anhängen wollen."

„Die ganze Geschichte fällt doch in sich zusammen, wenn klar ist, dass du Stump nicht umgebracht hast. Du bist frei, und wir können zusammen ein neues Leben anfangen."

Ich weigere mich zu glauben, was mir meine Ohren übermitteln.

„Denk drüber nach", sagt sie bestimmt, setzt noch einmal ihr schönstes Lächeln auf und geht.

Die Besuchszeit ist um, und René, wie immer Sklave seiner Hormone, stößt mich mit dem Ellbogen in die Rippen: „Mensch, Brünö, schön wieder sö 'ne Ganöne!"

19

Ich wälze mich umher wie ein gedopter Pflegefall, und das schon die dritte Nacht in Folge. Sie wird wiederkommen, irgendwann in den nächsten Tagen. Und sie wird wissen wollen, wie meine Antwort lautet. Lars und Dörte oder Django und René, das ist die Frage, die mich rund um die Uhr beschäftigt. Was sich zunächst so einfach anhört, ist in Wahrheit eine quälende Entscheidung über mein weiteres Schicksal. Es ist nicht alleine die Tatsache, dass meine Freiheit in aller Zukunft von ihrem Wohlwollen abhängen würde. Dass sie schon jetzt eine solche Macht über mich ausübt, raubt mir den Schlaf. Ihr kriminelles Potenzial, das dem ihres seligen Ehemannes in nichts nachsteht, paart sich mit bestens getarnter weiblicher Raffinesse.

War das alles von langer Hand vorbereitet? War sie in Hans' Pläne von Anfang an eingeweiht? Nein, der Gedanke, ein kranker Selbstmörder könnte vor seinem Abgang, mit dem Einverständnis seiner Gattin, seinen Thronfolger in der Familie bestimmt haben, ist zu absurd. Also hat sie einfach die Gunst der Stunde genutzt, um einen Befreiungsversuch aus ihrer organisatorisch-hormonellen Zwickmühle zu unternehmen. Neuer Ansatz, anderer Gedanke: Was sie tut, hat mit rational geleitetem Handeln nichts zu tun. Ihre Wahrnehmung der Realität war schon vorher verzerrt, und jetzt, wo Hans, die Konstante der gepflegten Langeweile, sich aus ihrem Leben verabschiedet hat, ist sie völlig durch den Wind. Berechnend? Naiv? Durchgeknallt? Meine konventionelle Menschenkenntnis lässt mich völlig im Stich.

Vielleicht könnte ich Linda ein letztes Mal um einen Gefallen bitten: ihr die Polizei oder einen Privatschnüffler auf den Hals zu hetzen. Doch Kathrin müsste nur die Rolle spielen, die sie am besten beherrscht – nachdem sie das Geld längst in ihre Unterwäsche eingenäht oder es sonstwo auf diesem Planeten versteckt hat.

Ein Leben auf freiem Fuß sollte es mir wert sein, mich auf dieses Abenteuer einzulassen. Warum stelle ich mich so an? In der nächsten Sekunde beendet der Mut sein kurzes Gastspiel in der Amygdala. Was wäre meine Freilassung wert, wenn ich mich damit auf Lebenszeit einer unberechenbaren Stalkerin ausliefern würde? Erstaunlich, was für einen Waschlappen die Zeit hier drin aus mir gemacht hat. Aber wäre ich nicht der viel größere Waschlappen, wenn ich es nötig hätte, dieses merkwürdige Angebot anzunehmen?

Ich werde die Schlacht alleine zu Ende schlagen, das Urteil wie ein Mann tragen, wenn es so kommt, wie es wohl kommen muss, und erhobenen Hauptes den Saal verlassen. Django wird mir dann wohl weiter erhalten bleiben. Der hat zwar in seiner bisherigen Karriere schon so manchen Knochen gebrochen, aber er verarscht mich nicht. Ich drehe mich noch einmal um und merke, wie der Schlaf endlich über mich herfällt, nachdem er mir einen letzten Gedanken gewährt hat: Die Freiheit ist hier.